José Luis López

Leyendas de mi Pueblo

Copyright © 2023 – 2024, José Luis López.
Reservados todos los derechos.
Derechos exclusivos para todos los países.

Prohibida su reproducción total o parcial,
por cualesquiera medios.

Segunda edición: Abril, 2024.
(Versión original en español.)

Portada y contraportada creadas por
Álvaro Cubero Pardo usando imágenes de Amanda Ureña
Agüero bajo licencia gratuita para usos comerciales.

Editado y maquetado por Álvaro Cubero Pardo.

Publicado independientemente por el autor,
en acuerdo con Amazon.com, Inc.,
edición *Paperback* (v1.0.0).

ISBN: 979-8-32-358658-5, Kindle Direct Publishing.

Manuscrito original inscrito en https://www.safecreative.org
el 21-Abr-2024 con el Código de Registro: **2404217713209**.
Hecho el depósito de Ley.

A mi hijo, Adrián López Artavia.

ÍNDICE

Prólogo 7
La Leyenda del Sapo Negro 9
La Leyenda del Cerro La Cangreja 15
La Cueva de las Ánimas 19
El Demonio de la Montaña 29
Guirnalda 43
La Leyenda del Toro Negro 63
La oportunidad 69
El Tesoro de El Altillo 73
El Dueño del Monte 89
La Santa 93
El viejo boyero 99
Pulido 105
Los boyeros 109
Boyero de antaño 115
La historia de Matildita 119
La Leyenda del Pollito Malo 123
El Espanto de Ojos Celestes 129
El chanchito de oro 133
Valiente 141
El llanto de la Llorona 149
La fatalidad 153
El pleito 159
La Tulevieja 163
Luciérnagas 169
Glosario 173
Acerca del Autor 175

Prólogo

Puriscal es el cuarto cantón de San José y Santiago es su cabecera. Mirando al noroeste, y a tan sólo cuarenta y dos kilómetros de la capital, ése es el pueblo que me vio nacer; todo un semillero de personas humildes y trabajadoras.

Cuentan los abuelos que, cuando los primeros colonos llegaron al lugar, se sorprendieron al ver la abundancia en flora y fauna. Y, cuando descubrieron que la tierra era propicia para sembrar, se establecieron y lo llamaron *Cola de Pavo*, pues el terreno donde se ubica la vieja parroquia en ruinas les parecía una cola de pavo. Posteriormente, le dieron el nombre de Puriscal, que proviene de la flor del frijol llamada purisco.

En los años cincuenta, yo vivía en Junquillo Abajo y me gustaba adentrarme en los bosques a observar los gigantescos árboles, las flores, las aves, los insectos y la variedad de animales que abundaban en esos sitios. Me bañaba en los ríos de aguas transparentes y era feliz, rodeado de la madre naturaleza. Partí de mi pueblo cuando cumplí la mayoría de edad, pero me llevé conmigo los recuerdos de mi niñez.

Recuerdo que mi abuelo reunía a la familia al anochecer y decía: «¡Pónganme mucha atención, porque voy a contarles una leyenda!» Los niños lo rodeábamos, mientras el viento se colaba por entre las rendijas de la vieja casa y la luz tenue de las brasas del fogón se iban apagando lentamente. Afuera, el viento aullaba y las aves nocturnas graznaban. Cuando el abuelo terminaba de contar la leyenda, los niños corríamos a meternos debajo de las cobijas.

La costumbre de contar historias y leyendas al anochecer prevaleció por muchísimos años, pero, con el paso del tiempo, la gente las ha remplazado por la televisión y las computadoras. Por ese motivo, me propuse escribir este libro: para que los

Prólogo

habitantes de mi pueblo lean las historias y leyendas que circulaban de poblado en poblado, las cuales están impregnadas de amor, alegrías y sueños truncados por el dolor, la angustia, la desesperación, el terror y el suspenso. Esta obra consta de veinticuatro leyendas sobre la vida de nuestros ancestros, valientes campesinos que no se doblegaban ante la adversidad.

La Leyenda del Sapo Negro

Cuentan los abuelos que hace muchísimos años, donde ahora está situada la parroquia en ruinas, había una naciente de agua cristalina que surgía de la tierra a borbotones y se deslizaba jugueteando entre las piedras, bajo la sombra de los frondosos árboles, hasta llegar a una llanura donde formaba una laguna. Después, de la laguna se extendían densos bosques poblados de gigantescos árboles y espesa vegetación. Allí se establecieron los primeros colonizadores que llegaron de Desamparados y se dedicaron a talar el bosque para sembrar. Las mujeres iban a recoger agua, caminando por un angosto trillo tapizado de hojas secas, bordeado de flores y rodeado de exuberante vegetación con plantas de diferentes variedades. En los densos bosques abundaban muchos animales y aves de diferentes especies. En ese tiempo, Cola de Pavo era un hermoso paraíso.

Don Anselmo era un hombre alto, cuarentón, ancho de espalda, de piel morena y regular obesidad. Él revisó el lugar y, al darse cuenta de que era una tierra fértil, su corazón se llenó de ilusiones. Lo acompañaban su esposa Teresa y sus dos hijos. Construyó un rancho y después comenzó a talar el bosque y a preparar la tierra para sembrar.

Evelia, hija de la pareja, tenía en aquel entonces apenas once años. En ese tiempo, las niñas hacían los quehaceres de la casa y trabajaban en diferentes faenas. Cuando su madre le encomendaba traer agua de la laguna para el gasto diario, ella lo hacía con mucho ahínco. Los gigantescos árboles agitaban sus ramas, tapizando de hojas secas el trillo por donde Evelia pasaba. En sus manos, la niña llevaba una pequeña tinaja de barro y, cuando llegaba a la laguna, la llenaba de agua y regresaba al rancho.

Autor costarricense

Don Anselmo y su hijo Juan trabajaban sembrando maíz y frijoles. Así transcurrían sus vidas, luchando para sobrevivir. Eran tiempos muy lejanos y, cuando la noche cubría de sombras los ranchos, las mujeres se iban a dormir y dejaban el fogón prendido, con las brasas ardiendo durante toda la noche hasta consumirse. Al amanecer del día siguiente, las revivían y seguían en sus quehaceres.

Un atardecer, Evelia iba para la laguna tarareando una melodía. Llevaba puesto un vestido de manta blanco, ancho, largo y manchado por el uso diario. A veces se le enredaba entre los arbustos; entonces se lo arremangaba y lo recogía sobre su delgada cintura, dejando al descubierto sus largas y delgadas piernas. Vio una flor amarilla que pendía de una planta trepadora abrazada a un pequeño árbol. Entonces, puso la tinaja sobre la hierba, cogió la flor y la colocó en su pelo negro, lacio y largo. Después, caminó apresurada rumbo a la laguna y, cuando estaba recogiendo agua, escuchó un ruido ronco y ensordecedor. Miró el entorno y el silencio abrumador la inquietó. Escuchó el ruido de nuevo; su cuerpo se estremeció y su cara palideció. Entonces, dejó caer la tinaja y corrió hacia el rancho.

Cuando llegó al rancho, sus ojillos negros estaban llenos de lágrimas.

—¡Ma, Ma! —gritó. —Me asustaron, oí un ruido muy feo en la laguna.

Doña Teresa salió a su encuentro secándose las manos con el delantal.

—Muchacha pendeja; seguro era un león breñero.
—No, Ma; era otro animal.
—Ah, caray. ¿Y dónde está la tinaja con el agua?
—Idiay, del susto que me llevé, la dejé en la orilla de la laguna.
—Juepucha, qué tirada, yo la necesito pa'l café de mañana.

Don Anselmo ya había llegado de trabajar. Se quitó el sombrero de paja y dejó al descubierto su tupida cabellera. Oprimiéndose la cabeza entre las manos, hizo un gesto de descontento mientras se acariciaba su blanca barba.

—Ah, caray, a esta niña cualquier ruido la asusta. Juan, vaya con ella y no regresen sin el agua.

—Sí, señor —respondió el delgado muchacho de catorce años.

Juan tomó la mano de su hermana y caminó apresurado. De repente, se detuvo a mirar el cielo y, pensando que ya estaba por anochecer, aligeró el paso. Evelia se resistía a seguirlo.

—¡Jale, no sea melindres! —gritó Juan.

La niña lo siguió a regañadientes. Cuando llegaron a la laguna, escucharon un coro de pajarillos que trinaban y saltaban entre las ramas de los árboles. Desde los arbustos, algunas luciérnagas despedían sus lucecitas fosforescentes, presagiando la llegada de la noche. Juan recogió el agua, apresurado. De repente, escucharon un ruido fuerte y ronco: *«Croak, croak, croak»*. El muchacho palideció y un escalofrío recorrió todo su cuerpo.

—¡Tatica Dios nos ampare! —exclamó y, agarrando la mano de su hermana, corrieron hacia al rancho.

Cuando llegaron, las sombras de la noche ya habían cubierto los extensos bosques. El chico estaba muy asustado.

—Pa, Evelia tiene razón; hay un animal cerca de la laguna y hace un ruido muy feo.

—Idiay, allí hay muchos animales.

—Sí, Pa, pero el ruido que hace ese animal es muy raro.

Al día siguiente, por la mañanita, Evelia recogió agua sin novedad. En la tarde, agarró la tinaja y se dirigió a la laguna de nuevo. No obstante, cuando estaba recogiendo el agua,

Autor costarricense **11**

escuchó el extraño ruido otra vez. Entonces, corrió hacia el rancho, llamando a su madre.

—Ma, oí el ruido otra vez. Tengo mucho miedo.
—Muchacha pendeja, vamos, yo la acompaño.

Doña Teresa se hizo una gruesa trenza, tomó a su hija de la mano y caminaron hacia la laguna. Sin embargo, antes de llegar, escucharon el ruido.

—¡Avemaría Purísima! —exclamó doña Teresa mientras se persignaba. —Hija, regresemos al rancho.

Cuando llegaron al rancho se encontraron con don Anselmo y Juan, que habían regresado de trabajar. Doña Teresa estaba muy asustada.

—Anselmo, nuestros hijos tienen razón; hay un animal cerca de la laguna que hace un ruido ronco. Cuando lo oí, se me erizó todo el cuerpo.

El hombre estaba sentado sobre un pequeño taburete y se incorporó.

—Qué tirada, voy a tener que averiguar qué animal los está asustando. Juan, venga conmigo.

El muchacho se persignó antes de salir del rancho y siguió a su padre. Cuando llegaron a la laguna, el extraño e incesante ruido atormentaba sus oídos.

—¡Juepucha, qué ruido más feo! —exclamó don Anselmo.

Caminó, buscando el lugar de donde provenía. Era un ruido ronco, fuerte: *«Croak, croak, croak»*. Se acercó a un árbol de higuerón y, sorprendido, vio que, al pie del añoso y grueso tronco, había una amplia cueva rodeada de barro donde un enorme sapo negro abría la boca y con su larga lengua atrapaba a los insectos y hormigas que se le acercaban. Su grueso cuerpo estaba cubierto de grandes verrugas amarillentas. Juan lo vio y retrocedió, asustado.

—Juepucha, qué animal más feo. ¿Qué hacemos, Pa?
—Nada, es un animal inofensivo.

Cuando regresaron al rancho, las dos mujeres esperaban impacientes.

—Idiay, ¿vieron al animal que hace el ruido? —preguntó doña Teresa.

—Sí —contestó don Anselmo. —En las raíces de aquel hermoso árbol de higuerón vive un enorme sapo. No se preocupen, porque sólo sale de su cueva al atardecer. Saca parte del cuerpo y con la lengua atrapa los insectos que se le acercan. Por la mañana, duerme plácidamente. Hija, no tenga miedo, el sapo no sale de su madriguera.

Evelia caminaba por el angosto trillo bordeado de flores y espesa vegetación cantando una canción y, cuando llegaba a la laguna, recogía el agua y regresaba al rancho. No volvió a sentir miedo; escuchar el ruido que hacía el enorme sapo se le hizo costumbre. Tiempo después, el viento derribó al frondoso árbol, haciéndolo caer sobre la laguna, y el enorme sapo quedó sepultado bajo su peso.

Autor costarricense

La Leyenda del Cerro La Cangreja

En tiempos muy remotos, donde ahora está situado el pueblo de Mastatal, había una aldea indígena escondida entre los espesos bosques, habitada por huetares. En la aldea vivía Izaro, una princesa veinteañera de cuerpo esbelto y piel canela que corría por el bosque cual cervatillo de ojos verdes, jugueteando entre las flores y persiguiendo mariposas. Era hija del cacique, un anciano alto y delgado de ojos negros y cuerpo encorvado. La hermosa princesa era pretendida por el brujo de la tribu; un cuarentón alto de ojos pequeños, pelo enmarañado y nariz afilada que se había prendado de la hermosa joven.

Entonces, el brujo habló con el cacique para desposarla. Este último, con mucho pesar, aceptó darle a su hija por esposa. El brujo era un hombre malo que, con sus hechizos, aterrorizaba a los habitantes de la aldea, quienes le obedecían porque le tenían mucho miedo. La princesa, al enterarse de que debía casarse con el brujo, entristeció. Ella se adentraba en el bosque, caminando ensimismada, y llegaba a un hermoso y trasparente riachuelo rodeado de espesa vegetación. Allí se sentaba en la orilla a mirar cómo el agua corría besando las piedras. Los gigantescos árboles inclinaban sus ramas y, de ellas, se desprendían delgados bejucos con flores de campanillas azules que se balanceaban, arrulladas por el viento. Izaro lloraba en soledad por su infortunio y, al atardecer, regresaba a la aldea, apesadumbrada.

Una mañana, un joven corpulento y fornido llamado Eira llegó con una comitiva a visitar la aldea. La princesa lo miró y, en un instante, la llama del amor atravesó su corazón como una dulce flecha.

Autor costarricense

Eira le devolvió la mirada y sintió que algo sublime y hermoso le inundaba el cuerpo. El cacique recibió con alegría al joven guerrero, proveniente de la tribu de los Quepoa, porque ambas tribus habían tenido una buena relación durante muchos años. Al atardecer de ese mismo día, Eira le pidió al cacique desposar a su hija y éste aceptó, olvidando la promesa que le había hecho al brujo. El cacique le asignó al joven una choza para que, durante su estadía en la aldea, permaneciera con su comitiva.

Izaro y Eira caminaban por el bosque con las manos entrelazadas. El viento acariciaba las ramas de los árboles y las pálidas hojas caían tapizando el suelo como una suave alfombra. Los pajarillos trinaban, las mariposas revoloteaban sobre las flores, los enamorados se miraban a los ojos y, al anochecer, se sentaban sobre el grueso tronco de un árbol a mirar cómo la noche, con su manto negro, cubría los espesos bosques.

Cuando el brujo se dio cuenta de que la princesa se había comprometido con un Quepoa, fue a hablar con el cacique y le recordó la promesa que le había hecho, pero el cacique lo ignoró. El brujo, enfurecido, juró vengarse y preparó un potente brebaje. Lo tomó y lentamente se fue convirtiendo en un cangrejo gigante que, con sus poderosas tenazas, destruía todo a su paso. Los aldeanos lo enfrentaron y, a pesar de que manejaban el arco con certeza, las flechas no lograron atravesar su grueso caparazón.

Aterrorizados, abandonaron la aldea y se refugiaron en lo profundo del bosque. Eira, al ver cómo todos corrían tratando de escapar, alzó su hacha de piedra y, emitiendo un salvaje grito de guerra, corrió a enfrentarse con el enorme cangrejo. Era un guerrero ágil, valeroso y fuerte que esquivaba las enormes tenazas del cangrejo gigante y lo golpeaba con el hacha.

El cangrejo retrocedió, agotado, y el guerrero aprovechó para descargarle un certero golpe, arrancándole de raíz una de sus grandes tenazas. Entonces, el cangrejo se fue transformando, agrandándose hasta convertirse en un cerro de piedra.

Después de la batalla, la hermosa princesa corrió a encontrarse con Eira y ambos se estrecharon en un fuerte abrazo. Los demás salieron del bosque y rodearon a la feliz pareja. Desde entonces, reinó la paz en la aldea y los enamorados fueron muy felices. Los aldeanos no cazaban en las cercanías del cerro; decían que ese lugar estaba maldito porque allí habitaba el espíritu del malévolo brujo.

Autor costarricense

La Cueva de las Ánimas

Hace muchísimos años, en el pueblo de Barbacoas, había una hermosa hacienda con una casa grande, hecha de adobe y techada con tejas de barro. Al frente de la casa, sobresalía un hermoso jardín con flores de diferentes colores, cuidado con esmero por las delicadas manos de una mujer. Detrás de la casa, había varios ranchos pequeños de paja donde vivían los peones que trabajaban en la hacienda. A poca distancia de la casa, sobresalían extensos sembradíos de caña dulce y, en un llano, había un amplio trapiche donde los peones sudorosos descargaban las carretas.

Don Jairo era un señor alto y robusto que solía usar un sombrero de gamuza café de ala ancha con una cinta azul que rodeaba la copa. Sus ojos color gris oscuro eran de mirada férrea. Lucía un espeso mostacho blanco y su voz era ronca y enérgica. Estas características le permitían imponer mucho respeto entre los peones.

Don Jairo era viudo y amaba mucho a sus dos hijos. Isabel era una esbelta jovencita de veinte. Su larga cabellera rubia y ondulada, que peinaba cuidadosamente, acariciaba su delgada cintura. Los domingos, cuando iba a misa, la gente se detenía para verla pasar. Su rostro era ovalado como el de una virgen, con rubias cejas tupidas que adornaban sus grandes ojos azules de mirada intensa, adornados por gruesas y largas pestañas. Por otro lado, Manuel era un robusto joven de veinticinco. Su cabeza, cargada de lacio cabello castaño, siempre portaba un sombrero de ala ancha hecho de paja.

Don Jairo estaba orgulloso de su hijo mayor porque era buen trabajador y habíalo nombrado capataz de la hacienda. El joven desempeñaba su puesto con tesón. Los peones lo respetaban mucho porque sus labios nunca mostraban una sonrisa.

Autor costarricense

Era estricto y, cuando se encolerizaba por algún motivo, les gritaba a los peones y éstos corrían a obedecerle.

El proceso para convertir la caña en tamugas de dulce era agotador y laborioso. Los peones terminaban la faena y regresaban a sus ranchos cansados y sudorosos. Al atardecer, se sentaban a descansar sobre el zacate y escuchaban a un anciano contar leyendas y, cuando la noche cubría con su manto negro cada rincón de la hacienda, corrían a meterse debajo de las cobijas, pensando en las leyendas de espantos que contaba el anciano. Antonio era un peón en sus veinte robusto, alto y de piel morena. Bajo su sombrero de paja, que cubría parte de su frente, se veía un rostro afable de tupidas cejas, grandes ojos negros y nariz ancha.

Un amanecer, Manuel estaba en el cañal vigilando a los peones cuando, de repente, sintió un fuerte dolor en la pierna derecha y vio una serpiente que estaba en posición para atacarlo de nuevo. Sacó el machete de la vaina que amarraba con una delgada coyunda de cuero alrededor de su cintura y cortó la cabeza de la serpiente. Después, la remató dándole de machetazos. Entonces, sintió un fuerte mareo y su cuerpo se encorvó, cayendo al suelo. Antonio, que estaba cerca, corrió en su auxilio y llamó a dos peones para que lo llevaran a la casa. Luego, fue a llamar a la curandera.

Isabel, al oír voces salió de la casa y, al darse cuenta de lo sucedido, rompió en llanto; sabía que su hermano corría riego de morir. En ese momento, vio a Antonio y sus miradas se cruzaron. Isabel sintió que el amor tocaba a la puerta de su corazón. Antonio le devolvió la mirada y, en un instante, el amor estremeció sus corazones.

Al poco rato, llegó don Jairo apresurado y gritó a los peones:

—¡Idiay! ¿Qué hacen aquí? ¡Vuelvan a su trabajo!

Entró al cuarto donde se encontraba Manuel y preguntó a la curandera cómo estaba su hijo. La anciana se pasó el dorso de la mano derecha por su arrugada frente y contestó:

—Señor, la culebra le mordió el tendón de Aquiles derecho. Hice una herida donde lo mordió y extraje el veneno. Su hijo es fuerte; en dos semanas se va a recuperar, pero debe tener reposo.

—¡Malditas serpientes! —exclamó don Jairo. —Por algo las maldijo el Señor.

Doña Carmen era una anciana alta de piel morena, con el cuerpo delgaducho y jorobado, que caminaba apoyada en un viejo bastón. En el pueblo se la conocía como la curandera. Su blanco pelo era largo y enmarañado, sus ojos negros eran pequeños y hundidos, su cara era alargada y su nariz, larga y picuda. Recorría los caminos para atender a los enfermos, asistir un parto o curar un dolor de barriga. Vivía con su hijo Antonio en un rancho que sobresalía entre los demás porque estaba rodeado de plantas medicinales que había sembrado para curar a los enfermos.

Manuel no obedeció las recomendaciones de la curandera y, tres días después de que lo mordió la serpiente, dejó de reposar y se fue a trabajar. Entonces, la herida que le hizo la curandera para extraer el veneno no sanó debidamente y cojeaba de la pierna derecha. Al verse en ese estado, se sentía muy mal y se desquitaba regañando a los peones.

Misael era un boyero regordete cuarentón que se encargaba de llevar la caña de los cañales al trapiche; era chismoso y siempre le informaba a Manuel sobre lo que hablaban los peones. Una tarde fue a buscarlo para contarle un chisme y lo encontró sentado en un escaño frente a la casa.

—Patroncito, ¿cómo está?
—Bien por dicha. Idiay, ¿qué viene a decirme?

—Patroncito los peones andan diciendo que Isabel y Antonio se encuentran al atardecer cerca del río.

Manuel se incorporó de un salto y su rostro enrojeció.

—¿Está seguro de lo que dice?

—Sí, señor —afirmó Misael, asintiendo con la cabeza.

—Ah, caray, qué problema. Bueno, quiero que los vigile y póngame al tanto de todo lo que suceda.

—Está bien, patroncito.

En las mañanas, cuando Antonio pasaba por la casa para ir a trabajar, y al atardecer, cuando regresaba cansado por la dura faena, Isabel se paraba en el umbral de la puerta para verlo. Antonio volteaba la cara y sus miradas se cruzaban. Así nació y creció un hermoso idilio que inundó sus corazones, pero ellos eran de distintas clases sociales e ignoraban que amarse era imposible.

Un atardecer, Isabel y Antonio se vieron en la orilla del río. Ella aprovechó que su padre y su hermano no estaban en casa y salió apresurada a encontrarse con su amado. Lo abrazó y lo besó; estaba muy nerviosa.

—Antonio, tengo miedo. Si mi padre y mi hermano se enteran de nuestra relación te pueden hacer daño.

Antonio acarició el cabello de su amada.

—Isabel, te amo. Sin vos no podría vivir. Yo sé que tu papá y tu hermano no van a aceptar nuestra relación. Por eso, debemos irnos lejos de Barbacoas, donde nadie se interponga en nuestras vidas.

—Antonio, nosotros no tenemos nada. ¿Cómo vamos a vivir?

—No te preocupés. Confiá en mí. Yo voy a luchar para que no te falte nada.

Isabel acarició el rostro de su amado. Una lágrima recorrió sus mejillas y susurró:

—Antonio, te amo y nadie nos va a separar.

En el trapiche, una paila llena de jugo de caña hervía mientras dos hermosos bueyes blancos daban vueltas amarrados al yugo sobre un eje de madera. Antonio metía la caña en las muelas del trapiche. El muchacho tenía la piel cubierta de sudor. Estaba en su quehacer cuando se le acercó Manuel y le gritó.

—¡Antonio, me contaron que pretendés a mi hermana! —se le abalanzó y, tomándolo del cabello con ambas manos, lo sacudió. —¡Escucháme bien: no quiero que te acerqués a Isabel! —los ojos de Manuel destellaban odio. —Si te acercás a ella, la vas a pagar muy caro.

Antonio se sentó en el timón de una carreta, inclinó la cabeza y susurró: «Nadie me va a alejar de la mujer que amo».

Un atardecer, don Jairo estaba sentado al frente de la casa mirando hacia los cañales. Manuel se le acercó:

—Pa, quiero hablarle de algo importante.
—Idiay, hijo, ¿qué quiere decirme?
—Es sobre Isabel.

Don Jairo arrugó el ceño.

—¿Qué ha pasado?
—Los peones dicen que ella sale de la casa al atardecer para encontrarse cerca del río con Antonio.
—¡¿Con Antonio?! —exclamó don Jairo.
—Sí, Pa, Misael dice que los vio.

El rostro de don Jairo enrojeció de ira.

—Hijo, mañana, cuando Antonio llegue a trabajar, despídalo. Yo me encargo de hablar con la curandera.
—Está bien, Pa.

Autor costarricense

Manuel caminó hacia el trapiche mientras don Jairo hablaba solo.

—No voy a permitir que mi hija sea cortejada por un pobre peón.

La curandera estaba enterada de la situación y sabía que la relación de su hijo con Isabel era imposible. Al atardecer, cuando Antonio llegó del trabajo, lo reprendió con dureza:

—Hijo, don Jairo vino a hablar conmigo. Estaba enojadísimo porque se dio cuenta de que cortejás a Isabel. Me dijo que ya no tenés trabajo y no va a permitir que te acerqués a ella.

—Ma, Isabel me ama y nuestro amor no tiene nada de malo; es puro y bueno.

—Hijo, nosotros somos pobres, ellos son ricos; nunca nos aceptarán. Aléjate de Isabel; si seguís viéndola, va a ocurrir una desgracia.

—Ma, Isabel tiene tanto miedo como yo, pero vamos a luchar por nuestro amor.

Antonio salió del rancho y caminó hacia el río. Isabel lo esperaba impaciente y corrió a su encuentro. Lo abrazó, se tomaron de la mano y se sentaron sobre la suave hierba.

—Isabel, mañana en la madrugada nos vamos de aquí. Nos vemos en este sitio a las cinco, cruzamos el río y caminamos hacia San Pablo de Turrubares. Luego, nos dirigimos hacia Orotina, agarramos un tren y partimos hacia a un lugar lejano donde seamos felices para siempre.

—Antonio, tengo mucho miedo, pero adonde vayas iré con vos; no nos separaremos. Ya no tendré que verte más a escondidas; a partir de mañana estaremos juntos para siempre.

Los ojillos de Misael sobresalían entre los arbustos como dos candelillas; estaba escondido escuchando lo que Isabel y Antonio hablaban y corrió a decírselo a Manuel.

Isabel no pegó ojo en toda la noche. Esperaba con ansias el momento de encontrarse con Antonio y, cuando escuchó el canto del gallo, se levantó, salió de la casa y corrió hacia el río. Pero no sabía que Misael le había contado a su hermano lo que tenían planeado. Manuel la siguió a corta distancia. Isabel llegó a las cercanías del río donde Antonio la esperaba. Se abrazaron y se besaron, pero, cuando iban a cruzar el río, Manuel saltó sobre ellos con machete en mano, dispuesto a matar a Antonio.

—¡No dejaré que te la lleves! —gritó. —Tendrás que pasar por encima de mi cadáver.

Y alzó el machete con la mano derecha, amenazándolo. Antonio, al ver a Manuel enloquecido, temblaba de miedo. Isabel cayó de rodillas y, abrazándose a las piernas de su hermano, suplicó:

—¡Hermano, por favor, déjanos ir!

—¡Apártate! —gritó Manuel, enfurecido.

Se abalanzó sobre Antonio, le dio un machetazo en el pecho y la sangre brotó de la herida a borbotones. Antonio cayó de rodillas y se puso ambas manos en el pecho, tratando de contener la sangre, pero recibió otra estocada en las costillas y, cuando Manuel iba a rematarlo, Isabel se interpuso entre ambos y, abrazando a su hermano, gritó:

—¡Hermano, no lo mates!

Pero Manuel estaba enloquecido; la tomó del pelo y, al apartarla, su filoso machete rozó el cuello de su hermana, causándole una herida de muerte. Después, se abalanzó sobre Antonio para rematarlo, pero resbaló y cayó sobre su machete, causando que la hoja le atravesara el estómago. Su fornido cuerpo se estremeció y quedó tendido boca abajo, desangrándose sobre la hierba.

Isabel abrazó a Antonio, llorando a lágrima viva.

Autor costarricense

—Mi amor, levántate.

Antonio se incorporó, pero apenas podía mantenerse de pie y, haciendo un gran esfuerzo, lograron cruzar el río.

Isabel escuchó voces y pensó que era su padre. En ese momento, sintió un ardor en el cuello y se dio cuenta de que estaba herida. Un grueso hilo de sangre manaba de su cuello, empapándole el pecho. Vio una cueva en una ladera y, haciendo un gran esfuerzo, arrastró a Antonio hacia el interior y lo abrazó. Antonio agonizaba y apenas logró susurrar:

—Isabel, perdóname. Es mi culpa, yo no debí amarte —y recostó la cabeza sobre el pecho de su amada. —Tengo sed —dijo, con un hilo de voz.

Isabel salió de la cueva y caminó hacia el río, recogió agua con las manos, regresó y le mojó los labios. Antonio la observó un instante y cerró los ojos. Isabel lanzó un grito de dolor y se desvaneció, abrazada a su amado.

Don Jairo despertó sobresaltado porque escuchó que alguien lo llamaba.

—¡Patroncito, patroncito!

Abrió la puerta y vio a Misael asustadísimo.

—Idiay, ¿qué ha pasado?
—¡Patroncito, Isabel escapó con Antonio y Manuel fue tras ellos!

Los dos hombres corrieron hacia el río y, al llegar, encontraron a Manuel muerto. Don Jairo se arrodilló y abrazó el cuerpo de su hijo. Un llanto ronco y desgarrador inundó su garganta. Miró hacia el cielo mientras gritaba:

—¡Antonio mató a mi hijo y escapó con Isabel!

Después de lo sucedido, don Jairo abandonó la hacienda y se dedicó a buscar a los amantes. Recorrió Orotina, San

Pedro, San Pablo de Turrubares y anduvo buscándolos en Puriscal. Pensaba que estaban escondidos en algún pueblito, pero nadie le dio razón del paradero de Isabel y Antonio. La desgracia ocurrida le había destrozado el corazón. Entonces, despidió a los peones y la hacienda quedó en abandono. Después de lo sucedido, ya nada tenía sentido para don Jairo. Había perdido lo que más amaba: sus hijos.

Un atardecer, la curandera lo encontró recostado a un viejo escaño de madera, al frente de la casa; había muerto mirando hacia los cañales.

Cuentan los habitantes de Barbacoas que, después de lo ocurrido, en las noches oscuras escuchaban gritos escalofriantes en la cueva, gemidos desgarradores que helaban la sangre. Era el llanto desesperado de una mujer y la gente que vivía en las cercanías estaba atemorizada; decían que en la cueva vivía una horrenda bruja.

Una noche, un osado cazador que venía de Puriscal no quiso perder la presa que sus perros acorralaron cerca del río y se adentró en el lugar. Era medianoche, pero él estaba acostumbrado a esos menesteres. Al llegar al río, vio una luz que iluminaba la orilla. Se agachó entre unos matorrales y observó a una mujer bellísima que salía de la cueva. Su silueta esbelta y radiante estaba envuelta en un aura que sobresalía en la noche oscura. Ella se acercó al río y, con sus manos, recogió agua y regresó a la cueva llorando de una forma tan lastimera que erizó la piel del cazador.

El hombre intentó salir del lugar, pero tenía las piernas acalambradas. De pronto, escuchó un alarido desgarrador dentro de la cueva. Era el grito del ánima en pena de Isabel que había muerto allí con su amado Antonio.

El cazador se arrodilló y rezó una oración por el descanso de las ánimas en pena y prometió no volver a salir de cacería por la noche.

Autor costarricense

La Cueva de las Ánimas

El Demonio de la Montaña

Recuerdo con nostalgia cuando mi abuelo se sentaba al atardecer en un viejo escaño de madera al frente de la casa a escuchar el canto melodioso del yigüirro y a mirar cómo la noche cubría de sombras los extensos bosques. Yo lo acompañaba porque me gustaba escuchar sus historias, las cuales eran un tesoro de sabiduría que había acumulado con el paso de los años. En una ocasión me contó esta historia que escribo a continuación.

Heriberto era un hombre alto y fornido en sus cincuentas que galopaba en su brioso caballo alazán por un angosto camino. Cuando llegó a la orilla del río San Juan, lo espoleó; el hermoso animal cruzó el río y salió a la otra orilla. Azuzando al corcel, corrió a todo galope. Al poco rato llegó a una casa pequeña construida con tablas anchas. Allí vivía su compadre Miguel Mora, un cuarentón alto y moreno. Estaba sentado en una silla frente a la casa y, al ver el recién llegado, salió a su encuentro. Heriberto bajó del caballo y le tendió la mano; Miguel se la estrechó.

—Idiay, compadre, ¿cómo está?
—Bien, por dicha.
—Compadre, el jueves próximo salgo de cacería y vine a invitarlo.
—Ah, caray, tengo mucho trabajo, pero voy a dejarlo pendiente para acompañarlo.
—Compadre, salimos hacia La Legua el jueves por la mañana. Y dígame, ¿dónde está Toñito?
—Está arreglando un corral cerca del trapiche.

Heriberto fue en busca de su ahijado y lo encontró arreglando el alitranco del corral. El chico le estrechó la mano.

—Idiay, padrino, ¿cómo está?

Autor costarricense

—Muy bien, ahijado —respondió Heriberto y, colocando sus toscas manazas sobre los hombros del muchacho, exclamó: —¡Juepucha! Ya sos todo un hombre.
—Sí, señor. La semana pasada cumplí doce años.
—Ahijado, el jueves vamos de cacería. Voy a pedirle permiso a su tata pa' que usté nos acompañe; quiero que conozca el bosque y los animales que viven ahí.
—Padrino, ¿puedo llevar a Saltarín?
—Ahijado, ¿pa' qué va a llevar a ese perro cojo? Nosotros llevamos perros de cacería.
—Por favor —insistió Toñito—, déjeme llevarlo.
—Bueno, está bien, pero cuídelo.
—Sí, señor. Yo lo cuido.

Saltarín era un zaguate gordito de pelaje negro con manchas blancas, orejas caídas y hocico alargado, que tenía tullida una pata trasera.

* * *

Los cazadores salieron de San Juan un jueves a las siete de la mañana y llegaron a La Legua una hora después. Toñito iba montado en un manso caballo negro y llevaba a Saltarín en brazos.

—Compadre, dejemos los caballos en la cabaña del abuelo Juancho, pa' que los cuide, porque hay que entrar al bosque caminando.

—Está bien —contestó Miguel.

En una explanada se distinguía la morada del abuelo Juancho. Después de éste, había una interminable extensión de bosque donde sobresalían gigantescos árboles y espesa vegetación. El abuelo Juancho era un hombre afable y servicial de sesenta años que amaba el bosque, los ríos y los árboles. No permitía que la gente talara árboles o botara algún animal muerto en los ríos.

Los recién llegados lo llamaron una y otra vez, pero no escucharon respuesta.

—Pa, allá está un señor haciendo un hueco.

El abuelo estaba cavando una fosa y su cara , cubierta de una tupida barba blanca, sudaba copiosamente. Los cazadores se le acercaron y le estrecharon la mano.

—Señores, ¿en qué puedo servirles?

—Vamos a dejarle los caballos pa' que los cuide, porque queremos pasar dos días en el bosque —dijo Heriberto.

—Está bien, ahorita los llevo al corral.

—Éste es mi hijo Toñito —añadió Miguel—; es la primera vez que viene de cacería.

El abuelo Juancho estrechó la mano del muchacho y le acarició la cabeza con sus grandes y toscas manos.

—Ah, caray, ya es todo un hombre —comentó el viejo. Agregó: —Señores, hace un año fui al bosque en busca de plantas medicinales; esas plantas son un regalo de la naturaleza porque curan muchas enfermedades. Estuve allí una semana y armé una choza que está después del río; ahí pueden acampar.

—Gracias —respondió Heriberto. —Y dígame, ¿qué está haciendo?

—Una fosa pa' enterrar una mula que amaneció muerta.

Los cazadores fueron adonde estaba el animal muerto.

—Juepucha, a este animal le sacaron los ojos y tiene dos huecos en el cuello —dijo Miguel, haciendo un gesto de asombro.

Los cazadores jalaron el cadáver hacia el hueco y notaron que no pesaba nada.

—Idiay, este animal sólo tiene pellejo y huesos —dijo Heriberto. —Creo que murió de raquitismo.

Autor costarricense

—¡No, señor! —reaccionó el abuelo, sorprendido. —Esa mula estaba vieja, pero gorda.

—Ah, caray. Entonces el animal que la mató le sacó las vísceras y la sangre —dijo Miguel.

—Bueno, enterrémosla.

Así lo hicieron y el abuelo se sentó sobre el tronco de un árbol. Quitándose el sombrero de paja, dejó al descubierto su blanca cabellera y se pasó el dorso de una mano por su arrugada frente.

—Hace tres días desperté —comenzó a contar el abuelo— y oí que el perro ladraba. Vi el reloj; eran las tres de la madrugada. Me levanté y abrí la puerta. La noche estaba clara como el día. De repente, vi un extraño animal atacando a mi perro. Cuando me vio, el bicho corrió y se metió en el bosque. Era robusto, del tamaño de un perro grande, y noté que no tenía pelaje. Fui adonde estaba mi perro y vi que tenía dos heridas redondas en la garganta. Me dolió porque ese perro me había acompañado durante diez años. Al día siguiente, lo fui a enterrar y, al alzar el cadáver, noté que no pesaba nada; era como si estuviera disecado —los ojos negros del abuelo se humedecieron. —Extraño a mi perro —susurró—; era mi fiel compañero.

Toñito escuchaba muy atento al abuelo Juancho, pero los dos cazadores no tomaron en serio lo que decía.

—Creo que un león de montaña mató a su perro —dijo Miguel.

—No, señores, es el Demonio de la Montaña; un extraño depredador que sale de su madriguera en verano y ataca a los animales, dejándolos sin sangre. Cuentan los abuelos que ese animal vive en una cueva en lo profundo del bosque y sólo ataca por las noches.

Juancho entró a la cabaña, buscó debajo del fogón, sacó una botella de chirrite y le dio un largo sorbo.

—Señores, tengan cuidado, porque estamos en verano y pueden encontrarse con el Demonio de la Montaña.

Los cazadores se despidieron del abuelo y se adentraron en el bosque. Media hora después, llegaron a un ancho río de aguas mansas bordeado de espesa vegetación y árboles gigantescos cuyas ramas se inclinaban al paso del viento, besando el agua, para luego erguirse. Toñito se asombró cuando vio la cantidad de agua que corría apaciblemente.

—¡Qué hermoso río! El agua es cristalina y puedo ver los pececillos en el fondo.

Heriberto cruzó el río nadando y llegó a la otra orilla. Ató un mecate a un árbol, se lo lanzó a su compadre y gritó:

—¡Amarre los perros pa' pasarlos a esta orilla! No quiero que se ahoguen.

De esa forma, los cazadores cruzaron el río y, al rato, llegaron a la choza. Ésta era un aposento de unos diez metros cuadrados, ideal para pasar la noche y protegerse de la lluvia. Estaba construida con delgados trozos de árboles redondos, amarrados entre sí por fuertes bejucos, y techada con hojas de caña dulce.

—Compadre, ¿qué le parece la choza?

Miguel la observó detenidamente mientras acariciaba su prominente mentón con una mano.

—Me parece bien. Aquí vamos a estar protegidos durante la noche.

—Compadre, he estado pensando sobre lo que nos contó el abuelo Juancho y creo que debemos tener mucho cuidado.

—Idiay, ¡¿por qué?! —exclamó Miguel.

—Compadre, si ese animal vive en este bosque nos puede atacar.

Autor costarricense **33**

—Ah, caray, no se preocupe; yo creo que son cuentos del abuelo.

La noche llegó, llenando el cielo de estrellitas relucientes. Los cazadores recogieron ramas secas e hicieron una fogata para cocinar los alimentos. Miguel llamó a su perro Aullador y le acarició la cabeza; era un perro grande, de pelaje marrón, con el pecho blanco, las orejas muy largas y el hocico alargado. Aullador olfateaba las huellas de los animales hasta dar con su madriguera; era un perro de cacería, así lo llamaban los campesinos.

Heriberto despertó con la primera luz del día siguiente. Abrió la puerta y estiró sus largos y velludos brazos. Vio hacia el cielo y rezó un padrenuestro. Luego, observó el inmenso bosque donde no había espacio para más árboles; algunos eran tan altos que las copas jugueteaban con las nubes.

Al poco rato, Miguel y su hijo se levantaron.

—Buenos días, padrino, ¿ya hizo el desayuno?
—Buenos días. Sí, señores. También hice café.

Después de que desayunaron, Miguel cargó el rifle y soltó los perros. Estos corrieron hacia el bosque. El perro de Heriberto se llamaba Canelo; era de color marrón, con las mismas características físicas de Aullador. Los perros olfatearon la huella de un animal grande y lo persiguieron.

El animal se subió a un árbol y, al verse acorralado, gruñía y hacía ademanes con sus enormes garras delanteras.

—¡Es un león de montaña! —exclamó Heriberto. —¡Qué hermoso animal!

El gallardo y furioso felino alzó su pequeña cabeza, vio a los cazadores y abrió sus fauces, dispuesto a atacar; era de pelaje color canela y cuerpo alargado con el cuello grueso. Los perros le ladraban y Miguel le apuntó con el rifle.

—Idiay, compadre, ¿qué hace?
—Es un hermoso trofeo; no podemos dejarlo escapar.
—No, compadre, sería una lástima matar a ese hermoso animal. Dejemos que se vaya.
—Acharita —dijo Miguel y bajó el arma.

Los cazadores llamaron a los perros y el león de montaña saltó del árbol y corrió, perdiéndose en la espesura. Toñito estaba sorprendido.

—Juepucha, ¡qué hermoso animal!
—Es solo el comienzo, ahijado, nos espera una gran aventura.

Los perros atraparon un tepezcuinte y los cazadores regresaron a la choza, lo destazaron y lo cocinaron. Saltarín se mantenía cerca de su amo; era un perro juguetón y cariñoso. De repente, Aullador comenzó a ladrar y corrió hacia el bosque.

—Qué tirada —dijo Miguel—, olvidé amarrarlo. Hay que traerlo; ya va a anochecer y no puedo dejar que mi perro se pierda.

—Hijo, vamos a buscarlo.
—Compadre, ¿llevamos a Canelo?
—No, amárrelo a un árbol, ahorita regresamos.

Los dos hombres corrieron en busca de Aullador. Toñito los seguía a corta distancia con Saltarín en brazos. El perro de Miguel se internó en lo más profundo del espeso bosque.

—Compadre, Aullador está cerca. Escúchelo, está ladrando.

—¡Pa, Aullador está frente a una cueva! —gritó Toñito.

Miguel corrió adonde estaba su perro, se arrodilló, abrazándolo. Después, observó la gruta.

—¡Qué cueva tan rara!

Autor costarricense **35**

—Tiene razón, compadre. Está en la base de una ladera rocosa y los árboles que la rodean son muy extraños, con ramas retorcidas y sin hojas; son diferentes a los demás árboles del bosque. Compadre, este lugar me da escalofríos.

—Regresemos a la choza —dijo Miguel.

Cuando regresaron a la choza, Heriberto se puso ambas manos sobre la cabeza y exclamó:

—¡Dios mío, mataron a mi perro!

Canelo tenía dos orificios en el cuello y le habían sacado los ojos.

—¡Qué tirada! —dijo Miguel—. Es mi culpa, yo le dije que lo dejara amarrado.

—Compadre, debemos tener mucho cuidado. Creo que el Demonio de la Montaña ha estado rondando por la choza.

Después de que enterraron a Canelo, se fueron a dormir. Al día siguiente, por la tarde, salieron de cacería, porque querían atrapar un venado. Heriberto estaba triste; no aceptaba la pérdida de su perro. De repente, rompió el silencio; su voz fuerte y ronca estremeció el bosque.

—Compadre, el abuelo Juancho tiene razón; el Demonio de la Montaña es un depredador que se alimenta de la sangre de los animales y mató a mi perro. Tenemos que eliminarlo.

—Hay que tener mucho cuidado —replicó Miguel—, porque, si es cierto lo que dice el abuelo, ese animal es muy peligroso.

Los cazadores caminaron por el bosque, observando los frondosos árboles que agitaban las ramas al rumor del viento, tapizando el suelo de hojas secas. El bosque estaba cargado de variedad de plantas cuyas flores de diferentes especies y colores sobresalían entre la vegetación. Las plantas trepadoras subían, aferrándose a los gruesos y antiguos troncos; sus flores amarillas se extendían, cubriendo las extensas ramas.

—Compadre, ¡qué hermoso lugar! Los árboles y las plantas crecen con fuerza y están fuera del alcance de la mano del Hombre. Dios quiera que este bosque permanezca así para siempre.

Al rato de caminar, encontraron un venado muerto; tenía dos profundos orificios en el cuello. Miguel lo revisó.

—¡Qué extraño! —susurró. —Aquí no hay rastros de sangre, ni indicios de lucha.

—Compadre, me preocupa mi ahijado; todavía no está preparado para esta cacería.

—Idiay, no se preocupe, mi hijo no tiene miedo.

Siguieron caminando y vieron un árbol antiquísimo que se elevaba por encima de todos los demás árboles; sus largas y frondosas ramas se extendían cubriendo los árboles pequeños. Era un terreno plano con muchas especies de flores silvestres donde sobresalían enormes cúmulos de flores de Santa Lucía. Las mariposas revoloteaban, extendiendo sus hermosas alas de colores y las abejas se posaban zumbando sobre las flores para libar el néctar. Luego se elevaban, llevando con ellas el polen a otras plantas. Heriberto, emocionado y sorprendido, abrazó aquel añoso y grueso tronco.

—Compadre, en toda mi vida no he visto un árbol como éste; es gigantesco.

—Sí, es muy hermoso —dijo Miguel.

—Pa, este lugar parece un jardín.

—Cierto, hijo, es un inmenso jardín.

Regresaron a la choza y se fueron a dormir. Al día siguiente, se levantaron temprano porque querían ir de nuevo a la cueva donde creían que habitaba el Demonio de la Montaña. Miguel soltó a Aullador e iniciaron la búsqueda. El perro se internó en la espesura y los cazadores lo siguieron durante una hora. Cansados de caminar, se recostaron a un árbol. Saltarín se alejó y corrió entre la espesura; al rato, lo escucharon ladrar.

Autor costarricense

El perrito había encontrado a Aullador. Los cazadores corrieron adonde estaba Saltarín y vieron a Aullador meterse en la gruta. Miguel lo llamó repetidas veces, pero el perro no obedeció. Entonces, entraron tras él. Caminaron desorientados y se detuvieron.

—Compadre, esta caverna es muy oscura, salgamos y regresemos más tarde.

—¡Qué tirada! ¿Ahora cómo hacemos para recuperar a mi perro?

—Compadre, tenemos que hacer una antorcha para alumbrar el interior.

Regresaron a la choza y Miguel, con una camisa vieja amarrada a un palo, hizo una antorcha. Después, la empapó con parte del canfín que usaban para prender el fuego con el que cocinaban sus alimentos. Se dirigieron a la gruta de nuevo. Cuando llegaron, antes de entrar, prendieron la antorcha e ingresaron, cautelosos.

La antorcha iluminaba totalmente el interior y, mientras caminaban, llamaban a Aullador, pero sólo escucharon su propio eco, proveniente de las paredes rocosas. De repente, Heriberto tropezó con algo voluminoso.

—Aquí está el perro... está muerto, compadre. Ésta es la madriguera del Demonio de la Montaña.

Miguel cargó el arma y avanzaron, pero no vieron al depredador.

—Compadre, este lugar es muy extenso y la antorcha se está apagando. Salgamos de aquí. Hay que pensar cómo vamos a matar a ese bicho.

Miguel alzó el cuerpo de Aullador y sus ojos se humedecieron; amaba mucho a su perro. Lo enterró en las cercanías de la choza y juró eliminar al Demonio de la Montaña.

—Ese maldito animal mató a mi perro y yo no voy a descansar hasta eliminarlo.

Al anochecer, fueron a la cueva y se ocultaron en las cercanías, entre la vegetación, esperando al depredador. Pasaron las horas y no lo vieron. Toñito bostezaba de sueño. Miguel se mantenía en posición de disparar.

De repente, escucharon un ruido que provenía de la cueva. Todos dirigieron la vista hacia la entrada y observaron, por breves segundos, la figura de un animal del tamaño de un perro grande que salía corriendo, iluminado por la tenue luz de la luna. Miguel apuntó y disparó varias veces, pero el animal pasó cerca de ellos como un bólido y no lograron herirlo.

—¡Juepucha! ¡Creo que el diablo vive en la cueva y sale por las noches a hacer de las suyas! —gritó Heriberto, después de presenciar la rapidez del animal.

—Compadre, regresemos a la choza; tenemos que pensar cómo vamos a matarlo.

Llegaron a la choza y se acostaron, pero no lograron dormir; estaban nerviosos porque temían que el Demonio de la Montaña los atacara. La mañana del día siguiente, Miguel caminaba de un lado a otro mientras tomaba un jarro de café.

—Pa, hace cinco días que estamos aquí. Ya quiero regresar a casa.

—Hijo, tenemos que darle muerte a ese depredador pa' que no haga más daño. Después de que lo matemos, regresamos a casa.

—Sí, señor. Como usté diga.

De repente, una idea surgió en la mente del cazador.

—Ah, caray, ya sé cómo podemos matarlo. Hay que poner una presa viva cerca de la cueva y, cuando salga y se acerque a la presa, le disparamos.

Autor costarricense

—Qué tirada, compadre, ya no tenemos perros. ¿Cómo vamos a atrapar una presa viva?

—Idiay, aquí tenemos a Saltarín. Debemos amarrarlo en la entrada de la cueva y asunto concluido.

Los rasgados ojitos negros de Toñito se humedecieron y una lagrimilla recorrió su carita. Abrazó a su amado perro y lo acarició; sabía que su padre había tomado una decisión y no cambiaría de idea.

—Compadre, voy a buscar un mecate para amarrar a Saltarín.

Heriberto regresó con el mecate, amarró al perrito y lo jaló, pero el animalito se resistió. Toñito lo alzó, le acarició la cabeza y lo observó detenidamente, como despidiéndose de su amigo inseparable.

—Padrino, yo lo llevo.

Se dirigieron a la cueva y, en cuanto llegaron, amarraron a Saltarín cerca de la entrada y se ocultaron entre los arbustos. Las horas pasaron y las sombras de la noche cubrieron lentamente el espeso bosque. Saltarín gemía, titiritando de frío, tratando de desatarse. La pálida luna alumbraba la entrada de la cueva.

De repente, saltó de un árbol un extraño animal y se dirigió a la cueva. Los cazadores se asombraron al verlo. Saltarín seguía gimiendo e intentaba soltarse. El depredador lo vio y saltó sobre el perrito. Los cazadores le dispararon una y otra vez hasta gastar todas sus municiones.

Se acercaron con sigilo y comprobaron que habían matado al Demonio de la Montaña. Saltarín también estaba muerto; había recibido varios disparos. Toñito lo alzó y lo estrechó en su pecho. Agachó la cabeza y lloró angustiado. Miguel se quedó mirando al depredador que yacía en un charco de sangre.

—¡Qué extraño animal! —exclamó.

La madrugada se aproximaba y los cazadores esperaron el amanecer. ¿Habían eliminado al Demonio de la Montaña? El nuevo día llegó y Toñito tenía el cadáver de Saltarín en sus brazos.

—Pa, quiero enterrarlo cerca de la choza.
—Está bien, hijo.
—Compadre, ¿qué hacemos con este bicho?

El depredador era del tamaño de un perro grande, con la cabeza alargada, la piel lisa de color verde oscuro y, de su hocico ensangrentado, sobresalían dos colmillos blancos muy largos y puntiagudos con una hilera de fuertes dientes. En sus cuatro patas tenía grandes garras filosas y, en la espalda, mostraba pequeños picos que terminaban en un largo rabo liso y grueso.

—Idiay, dejémoslo aquí y vámonos.

Los cazadores llegaron a la choza y Toñito hizo un hueco con el machete en las cercanías y enterró a Saltarín. Después, caminó hacia un árbol, cortó dos pequeñas ramas, hizo una cruz y la colocó sobre la tumba.

Sintió que le corría una lágrima por la mejilla, la enjugó con el dorso de una mano y se dirigió a la choza. Recogió algunas cosas que había llevado y corrió para alcanzar a los cazadores, quienes lo esperaban a la orilla del río. Miguel acarició la cabeza de su hijo y juntos cruzaron el torrente.

Una hora después, llegaron a la choza del abuelo Juancho. Éste salió a su encuentro.

—Idiay, señores, ¿cómo les fue?
—Muy bien —respondieron los cazadores.

El abuelo notó la ausencia de los perros y preguntó:

—Idiay, ¿dónde están los perros?

Autor costarricense

—Murieron —contestó Heriberto.
—¡Acharita! Eran buenos animales.

Los cazadores caminaron hacia un viejo corral donde estaban los caballos y los ensillaron. Luego, estrecharon la mano del abuelo Juancho y se despidieron, agradecidos.

La tarde moría y el sol se escondía lentamente detrás de las montañas. Por el angosto caminito que conduce hacia San Juan se distinguían las siluetas de los cazadores que regresaban a su hogar.

Guirnalda

Esta es la historia de Filemón y su hija Guirnalda. Este hombre, después de que murió su esposa, decidió partir del centro para realizarse. En esos tiempos, había muchas tierras inexploradas y Filemón quería encontrar un lugar donde establecerse, sembrar maíz, frijoles y vivir en contacto con la naturaleza. Era un hombre moreno, alto y delgado en sus cincuentas.

Un lunes, al amanecer, salieron del centro hacia el pueblo de La Legua y llegaron al mediodía. Llevaban un caballo, una mula cargada con chunches, herramientas para cultivar la tierra y dos sacos pequeños con semillas para sembrar. En La Legua descansaron un rato, después siguieron su camino y llegaron a un pueblito llamado La Gloria, donde los ranchos y las casas estaban rodeados de densos bosques.

Filemón se bajó del caballo, lo tomó por la rienda, dejó a su hija sobre la montura y se adentró en el bosque por un angosto trillo. Era un hombre de semblante huraño, pelo entrecano, frente ancha y cara alargada. En el pómulo derecho, tenía una profunda cicatriz que se extendía hasta su labio superior. Tras caminar durante una hora, llegaron a una explanada. Filemón escuchó la corriente de un río, miró hacia el extenso bosque y exclamó, ilusionado:

—¡Hija, este es un buen lugar para establecernos! Aquí voy a realizar mi sueño.

En ese entonces, Guirnalda era una niña de diez años que no entendía por qué su padre había dejado el pueblo para adentrarse en el bosque. Se sentó en la yerba mientras su padre desensillaba el caballo y la mula. Filemón era un hombre de carácter fuerte, dispuesto a lograr su propósito.

Autor costarricense

Agarró el machete y se dirigió al bosque. Cortó varios árboles pequeños y comenzó a hacer un rancho. Cuando terminó la armazón, la techó con hojas de palma y, una semana después, ya estaban instalados en su nuevo hogar. Guirnalda caminaba por la orilla del río y recogía florecillas mientras su padre trabajaba de sol a sol, talando el bosque y preparando el terreno para sembrar maíz.

Los años pasaron veloces y Guirnalda cumplió catorce. La que fuera una chiquilla, se convirtió en una señorita alta y esbelta, de piel morena y largo cabello negro. Al atardecer, esperaba a su padre —quien llegaba cansado de la dura faena—, le servía comida y, después de comer, Filemón platicaba con su hija sobre sus sembradíos. Cuando el manto de la noche cubría de sombras el rancho, se iban a dormir. Así trascurrían sus apacibles vidas, disfrutando de la naturaleza.

En ese tiempo, había un policía que abusaba de las mujeres; su aspecto arrogante y amenazador intimidaba a los hombres. El cabo Godínez trabajaba para el resguardo fiscal y era un cuarentón moreno, alto y fornido que gustaba de usar un sombrero de paja, de ala ancha. El resguardo fiscal era un grupo de policías que se dedicaban a combatir a quienes montaban alambiques en los bosques para destilar guaro de contrabando y venderlo.

En cierta ocasión, Godínez llegó al pueblo de La Legua con el capitán Artemio y un grupo de policías con el fin de atrapar a los contrabandistas de esa zona. Los malhechores siempre lograban evadir la autoridad, escapando entre los bosques. Cuando la policía les destruía los alambiques y utensilios que utilizaban para sacar guaro, ellos los conseguían de nuevo y seguían destilando chirrite.

El pueblito de La Gloria estaba rodeado de bosques y sus habitantes se dedicaban a la agricultura. En un recodo del angosto camino, había una pulpería que también era cantina donde llegaban los hombres a emborracharse.

Una mañana, llegaron dos policías a la pulpería, bajaron del caballo y entraron. Un anciano alto y delgado, de cara lampiña y arrugada les estrechó la mano. Después, agarró una botella de licor que estaba sobre el mostrador, dos copas y les sirvió un trago.

—Idiay, cabo Godínez, ¿qué hacen por aquí?

—Don Nicanor, hemos venido a pedirle información sobre los contrabandistas. ¿Qué sabe usté de esos malhechores?

—Señores, hace dos días escuché a un hombre hablar sobre una saca de chirrite que tienen montada en lo profundo del bosque, cerca de un río. Allí están produciendo licor clandestino para mandarlo a Puriscal.

Godínez estrechó la mano del cantinero y dijo:

—Gracias, don Nicanor, su información es muy valiosa.

Los policías salieron de la cantina. El policía que acompañaba a Godínez preguntó:

—Señor, ¿qué piensa sobre lo que nos dijo don Nicanor?

—Raso Juan, debemos ir ahora mismo tras los contrabandistas, pero necesitamos refuerzos. Vaya, hable con el capitán y explíquele cómo está la situación. Dígale que necesito tres hombres. Creo que esos maleantes son los mismos que se nos escaparon de los bosques de Zapatón. Apresúrese, aquí lo espero. El raso Juan hundió las espuelas en los costados de su caballo y galopó hacia La Legua.

Una hora después, llegó a la oficina donde se encontraba el capitán Artemio, encargado de dirigir la cuadrilla de policías. Éste era un sesentón bajito y regordete que usaba una vestimenta y gorra de color caqui. Cuando vio llegar al raso Juan, salió a su encuentro.

Autor costarricense

—Idiay, ¿dónde está Godínez?
—Señor, me mandó a pedirle refuerzos porque hemos localizado a los contrabandistas.
—No puedo mandarle a nadie. Necesito hablar con él.
—Idiay, entonces ¿qué hago?
—Espérelo aquí. Si usté no llega, él vendrá.
—Está bien, capitán.

Artemio estaba muy preocupado porque no habían logrado atrapar a los contrabandistas. Caminó hacia una pequeña mesa de madera que le servía de escritorio y se sentó en una silla a esperar a su subalterno.

Mientras tanto, en el lugar donde Godínez esperaba al raso Juan, el murmullo del río se confundía con el canto dulce de una mujer, quien restregaba la ropa sobre una piedra. Cuando Godínez escuchó la melodía, se acercó, ocultándose entre la maleza. Observó cómo el agua cubría las rodillas de la mujer, quien se arremangó el vestido hasta la cintura, dejando parte de su hermoso cuerpo al descubierto.

Godínez se acercó con sigilo y saltó sobre ella, como animal sobre su presa. Le golpeó la cabeza con los puños hasta dejarla inconsciente, la tomó del cabello, la sacó hasta la orilla y la posó sobre la yerba. Le quitó el vestido y la violó repetidamente. Después de violarla, le dio un fuerte puñetazo en la cara y, dejándola tendida sobre la yerba, caminó adonde estaba el caballo, se subió y partió a galope hacia La Legua.

Llegó al atardecer, bajó del caballo y se dirigió a la pequeña casa de madera con amplia puerta, dos ventanas pequeñas y un solo aposento, que le servía de oficina al capitán Artemio.

—Buenas tardes, capitán, ¿el raso Juan no ha llegado por aquí?
—Sí, hace horas llegó, pero yo le ordené que esperara porque quiero hablar con usté.
—Idiay, ¿qué quiere decirme?

—Me han llegado quejas de que se emborracha en horas de trabajo y abusa de las mujeres.

El rostro de Godínez palideció y trató de justificar su abuso de autoridad.

—Mi capitán, usté no sabe lo que es andar en la espesura luchando contra las inclemencias del tiempo, arriesgando la vida, sorteando la corriente de los ríos y persiguiendo a los contrabandistas. Esos hombres producen licor en lo más profundo del bosque, donde tienen sus alambiques camuflados entre los árboles. No es fácil atraparlos, son mañosos e inteligentes, conocen muy bien su oficio y dominan el terreno. Capitán, es justo que, después de pasar varios días en la búsqueda de esos maleantes, merezca divertirme. ¿Qué tiene de malo tomarse unos tragos y estar con una mujer?

Los ojos del capitán destellaban de ira. Se oprimió la cabeza entre las manos y respiró profundo; su hombre de confianza era un pervertido, pero era el único que tenía experiencia en la búsqueda de los contrabandistas.

—Bueno, bueno, está bien. Pero usté no ha cumplido la misión que le encomendé; todavía no ha logrado atrapar a los contrabandistas, ellos lo han burlado varias veces.

—Tiene razón, capitán, pero a esos malhechores hay que tratarlos como se merecen, porque la persona que saca guaro de contrabando está fuera de la ley y usté me ordena que los traiga sanos y salvos. Ignora que esos hombres están dispuestos a todo, usan armas y pueden matarme.

—¡Bueno! Llévese cuatro hombres y traiga a los contrabandistas vivos o muertos.

—Está bien, capitán, mañana al amanecer salimos en busca de esos malhechores. Esta vez no le fallaré.

La mañana siguiente, Godínez salió de La Legua con cuatro hombres en busca de los contrabandistas y, cuando llegaron al pueblo de La Gloria, se bajaron de los caballos y se

Autor costarricense

adentraron en la espesura por un angosto trillo jalando los caballos por las riendas. Caminaron durante una hora y llegaron a la orilla de un río.

—Señores amarren los caballos de un árbol y crucemos el río nadando.

Después de amarrar los caballos, cruzaron el río y caminaron por la orilla. El raso Juan vio un hilillo de humo que se expandía sobre las ramas de los árboles.

—¡Señor, ahí están!
—Silencio —susurró Godínez—. No haga ruido. Si nos oyen, se pueden escapar.

Los policías se acercaron ocultándose entre la maleza y observaron a cinco hombres que se movían de un lado a otro. Un muchacho alto de cuerpo delgado echaba una garrafa en un saco. Lo acompañaba un perro grande de pelaje negro. De repente, el animal comenzó a ladrar, furioso. Entonces, los contrabandistas vieron a los policías y corrieron, escapando entre la maleza.

—¡Se nos escaparon! —gritó Godínez—. Destruyan los alambiques, que no quede nada en pie. Raso Juan, tráigame una garrafa de ésas.

—Sí, señor.

Las garrafas eran recipientes de vidrio de cuerpo ancho y cuello angosto con un tapón de corcho y capacidad para cinco litros de licor. Eran de fácil manejo porque tenían una gruesa agarradera.

Dos policías atraparon a un muchacho que estaba oculto entre la maleza con su perro. Godínez sacó el revólver y le disparó al animal en la cabeza.

—¡Jueputa perro! Ayudó a escapar a los contrabandistas.

El animal gemía mientras se desangraba y el chico lloraba al ver a su perro moribundo. Godínez le preguntó:

—¿Cómo se llama?
—Ramón —contestó el muchacho.

Godínez lo agarró de la melena y le gritó:

—¡Quiero el nombre de cada uno de sus cómplices!
—Señor, yo me encargaba de llevar el guaro en mi mula a Salitrales y no los conocía.
—¡Si no me da el nombre de los que destilaban guaro en este lugar se va a pasar el resto de su vida en la *chorpa*!

Ramón era un muchacho escuálido, con una edad entre diecisiete y dieciocho, y no entendía las palabras de Godínez. Su semblante mostraba miedo y de sus negros ojillos brotaban abundantes lágrimas.

—Yo no sé nada —repitió.
—¡Mentiroso! —gritó Godínez y le lanzó un fuerte puñetazo en el rostro.

El muchacho se fue de espaldas, estrellándose contra un árbol, y quedó tendido sobre las hojas secas. Godínez lo agarró de las orejas, lo levantó y lo zangoloteó repetidas veces; el pobre gritaba de dolor. Los policías estaban asombrados por la brutalidad de su superior, pero callaban porque le tenían mucho miedo. Godínez, después de zangolotearlo, lo lanzó contra el suelo. Ramón encogió el cuerpo y se tapó la cara con ambas manos.

—Compañeros, éste es el contrabandista que hemos estado buscando... ¡Raso Juan! Usté es testigo de lo que aquí aconteció.

—Sí, señor —respondió el policía, con voz débil y temblorosa.

—Señores, amarren al preso con las manos hacia delante y átenlo a una montura. Quiero que camine.

Autor costarricense **49**

Guirnalda

Los policías regresaron por un angosto trillo rodeado de espesa vegetación y gigantescos árboles. Ramón caminaba con dificultad, caía y era arrastrado por el caballo. Media hora después, llegaron a un claro. Godínez subió a una loma y vio un rancho rodeado de sembradíos de maíz.

—Señores, descansemos un rato, estamos cerca de un rancho. Amarren bien al delincuente.

—Sí, señor —respondió el raso Juan.

La tarde estaba soleada y Guirnalda recogía flores. Lucía bellísima con sus grandes ojos negros, cejas tupidas y nariz respingada. Llevaba puesto un vestido largo de florecillas celestes y, al caminar, movía sus caderas con elegancia. Godínez la vio desde la loma.

—Ah, caray, qué bella mujer y parece que está sola... ¡Raso Juan! —gritó.

—A sus órdenes, señor.

—Voy a dar un paseo por ese rancho. Cuídeme al preso.

—Sí, señor.

Godínez bajó la loma agarrándose de los arbustos. Caminó hacia el rancho y se acercó a Guirnalda. Ella, al verlo, se asustó e intentó correr, pero Godínez la tomó del cabello y le golpeó la nuca con los puños. Ella cayó inconsciente sobre el zacate. Godínez le destrozó el vestido y la violó hasta saciar su instinto animal. Después, se alejó riendo a carcajadas y regresó adonde estaba su subalterno.

—Raso Juan, vámonos, debemos llegar a La Legua antes de que anochezca.

Al poco rato, Guirnalda recobró el conocimiento. Le dolía el vientre y la sangre se le deslizaba por sus largas y hermosas piernas. Caminó hacia el río, entró al agua y se lavó. Estaba semidesnuda, con el vestido hecho jirones. Se cubrió los senos con las manos, se sentó sobre una piedra y allí se quedó, llorando a lágrima viva.

Cuando Filemón llegó al rancho, entró y llamó a su hija. Al notar su ausencia, salió a buscarla. Recorrió los alrededores y, viéndola a la orilla del río, se le acercó. Guirnalda inclinó la cabeza.

—Idiay, hija mía, ¿qué le paso?
—Pa, un hombre me golpeó y abusó de mí.
—Hija, ¿cómo era ese hombre?
—Era alto, de cuerpo grueso y llevaba una cruceta amarrada a la cintura.

Filemón abrazó a su hija y la llevó al rancho. Después, caminó por los alrededores y encontró huellas de pisadas de caballos y exclamó:

—¡El canalla que violó a mi hija la va a pagar muy caro!

Regresó al rancho en busca de un caballo, lo ensilló, lo montó y cabalgó, buscando al que había abusado de su hija, pero la noche cubrió de sombras el angosto trillo y no le permitió continuar con la búsqueda. Estaba furioso. Bajó del caballo y se abalanzó contra un árbol, golpeándolo con las manos repetidamente. Se sentía herido y por su mente sólo pasaban deseos de venganza.

Godínez llegó a La Legua al anochecer. El capitán Artemio salió a su encuentro.

—Idiay, ¿al fin logró capturar a un contrabandista?
—Sí, mi capitán, éste es el hombre que hemos estado buscando.

El capitán vio a Ramón, sorprendido.

—Ah, caray, es un muchacho.

Autor costarricense

Guirnalda

—Sí, señor, lo atrapamos cerca del río. Tenía montado un alambique que producía cantidad de chirrite. Aquí traigo la evidencia.

El capitán revisó la garrafa de guaro que Godínez le entregó.

—Es suficiente. Con esta prueba lo encarcelamos. Voy a llenar algunos documentos y mañana usté se encarga de llevar al delincuente a Puriscal. Buen trabajo.

Al día siguiente, Filemón cargó el rifle, ensilló un caballo, lo montó y salió al galope. Cuando llegó al pueblo de La Gloria se dirigió a la pulpería y entró.

—Buenos días, señor, ¿qué va a tomar? —preguntó don Nicanor.

—No vengo a tomar nada —contesto Filemón—, ando en busca de varios hombres que pasaron por mi rancho, viajaban a caballo, creo que son cuatro o cinco, ¿los vio pasar por aquí?

—Idiay ¿pa' qué los anda buscando?

—Tengo que saldar cuentas con uno de ellos.

—Señor, yo los vi pasar ayer al atardecer; son policías del resguardo fiscal y llevaban a un muchacho preso. Los comandaba el cabo Godínez, un hombre cruel y despiadado. Usa una larga cruceta amarrada a la cintura y dicen que con esa arma se ha enfrentado al mismo diablo. Los hombres le temen y las mujeres, cuando llega a un pueblo, se esconden porque es un chuchinga; abusa de ellas, las golpea y nadie se atreve a enfrentarlo. Cuídese, señor, porque ese hombre es malo y traicionero.

—¡Yo no le tengo miedo a nadie! —exclamó Filemón.

El agraviado padre salió de la cantina, montó a caballo, galopando hacia La Legua y, cuando llegó, se dirigió a la oficina del resguardo fiscal y empujó la puerta bruscamente.

El rostro del capitán Artemio, al verlo empuñando un arma, palideció.

—Idiay, señor, ¿qué le pasa?

—Mi nombre es Filemón y busco a uno de sus hombres. Ese hijueputa animal violó a mi hija. Dígame dónde está Godínez.

—El hombre que busca no está aquí; salió muy temprano a llevar un preso al centro.

Filemón quería a matar a Godínez, pero, al darse cuenta de que no estaba en La Legua, desistió. El capitán lo persuadió para que le contara lo sucedido.

—Ese canalla golpeó y violó a mi hija; ella sólo tiene catorce años. Ya me contaron que Godínez es un violador, pero que usté lo protege.

—Señor, usté me está acusando de algo muy grave. ¿Ignora que soy la autoridad?

Filemón golpeó la mesa que le servía de escritorio al capitán con los puños. Su voz ronca estremeció el pequeño recinto.

—¡Usté es un pendejo porque permite que ese violador forme parte de sus subalternos! Debería encarcelarlo. Le juro que yo voy a matarlo.

Filemón salió furioso de la oficina del resguardo y, al anochecer, llegó al rancho. Se acostó sobre la estera, cansado y frustrado. Intentó dormir, pero fue en vano; su mente estaba atormentada por deseos de venganza. Salió del rancho y se sentó sobre la suave yerba a mirar las estrellas y a escuchar el murmullo del río. Guirnalda no lograba conciliar el sueño; cuando se dormía, soñaba con la silueta de un hombre horroroso que la perseguía y en su huida caía en un abismo oscuro interminable. Despertaba llorando, aterrorizada. Esa misma noche, se levantó, salió del rancho y vio a su padre.

—Pa, ¿encontró al hombre que me hizo daño?

Autor costarricense

—No. No logré hallarlo.

—Pa, ese hombre es la autoridad y si usté lo mata lo van a mandar a la cárcel. Pa, yo no quiero quedarme sola, tengo mucho miedo.

—Hija, el cantinero me contó que ese hombre ha violado a muchas mujeres y nadie ha tenido el valor de enfrentarlo. Yo voy a matar a ese canalla para que no haga más daño. Usté tiene que ser valiente y aprender a sobrevivir sola.

Guirnalda abrazó a su padre y juntos entraron al rancho. Al atardecer del día siguiente, Godínez regresó a La Legua.

—Capitán, el contrabandista ya está tras las rejas.
—Buen trabajo, pero me llegaron nuevas quejas.
—Idiay, mi capitán, cuénteme qué ha pasado.
—Un señor llamado Filemón lo busca para matarlo, dice que usté violó a su hija.

Godínez sonrió sarcásticamente.

—Capitán, si ese hombre me provoca, yo lo mato.
—¡Ya basta! —gritó el capitán Artemio mientras le daba un fuerte puñetazo a la mesa. —He tomado la decisión de trasladarlo a Puriscal. Márchese ahora mismo y asunto concluido.

Godínez subió al caballo, lo espoleó y galopó hacia el centro. El capitán Artemio respiró hondo; sabía que había tomado una buena decisión. Al día siguiente, después del mediodía, Filemón llegó a La Legua y, al darse cuenta de que Godínez había sido trasladado al centro, enfureció. En su mente atormentada, crecieron los deseos de venganza.

* * *

Los días y los meses pasaron y Filemón se volvió huraño e indiferente. Estaba enfurecido por lo sucedido y se desquitaba talando el bosque con furia. Regresaba al anochecer, cabizbajo y ensimismado. Sufría mucho al ver a su hija deprimida.

Una mañana, Guirnalda estaba en sus quehaceres y, de repente, sintió dolor de cabeza y ganas de vomitar. Se sentía cansada y sin ganas de hacer nada. Entonces, comprendió que estaba embarazada. Una noche, cuando se acostó, sintió que algo se movía en su vientre y, día tras día, su vientre se agrandaba. Filemón, al darse cuenta del estado de su hija, se hundió más y más en la soledad. Salía del rancho al clarear el día con la pala al hombro y, al anochecer, regresaba caminando en silencio. Guirnalda no quería tener al hijo del hombre que la había ultrajado, pero no podía hacer nada para evitarlo.

Una anciana alta y morena, de blanco cabello largo y enmarañado, con el rostro lleno de arrugas y la nariz ganchuda llegó al rancho un sábado al atardecer; la acompañaba Filemón. Una hora después, el llanto de un bebé interrumpió el silencio del bosque.

—Es un varón —anunció la partera. —Está fuerte y saludable.

Filemón vio al niño con indiferencia. Salió del rancho y se sentó sobre la suave yerba. Guirnalda tomó al bebé en brazos y el pequeño buscó los pechos de su madre con ansias.

* * *

Los años pasaron volando. El niño creció y, poco a poco, su presencia cambió las vidas de Filemón y su hija; lo llamaron Carlitos. Era moreno y su cabecita estaba cargada de abundantes rizos negros. A sus tres años, corría por los alrededores del rancho jugueteando con el abuelo, que todos los días regresaba temprano del trabajo para jugar con su nieto. La presencia del pequeño había borrado los acontecimientos ocurridos en el pasado. Guirnalda amaba mucho al niño y sus grandes ojos negros brillaban de alegría nuevamente.

Una tarde, Carlitos salió del rancho y su madre no se dio cuenta. Caminaba por la orilla del río, golpeando los arbustos con una ramita que había encontrado en el suelo y sonreía, corriendo tras una mariposa. Se acercó al río y se entretuvo golpeando el agua con la ramita. Guirnalda, ocupada con los quehaceres, al notar su ausencia, salió del rancho, llamándolo y buscándolo en los alrededores. El niño escuchó la voz de su madre y volteó la cara para responder, pero resbaló y cayó al río. Chapaleaba mientras gritaba «Ma, Ma». Guirnalda corrió hacia el río, pero, cuando llegó, ya las traicioneras aguas se habían llevado al pequeño travieso. Caminó por la orilla llamándolo, desesperada, pero el niño había desaparecido. Se lanzó al agua, nadó y se sumergió, pero no logró encontrarlo. Cansada de buscarlo, se sentó sobre una piedra, llorando desesperadamente.

Filemón llegó al rancho, cansado, pero ansioso de abrazar a su nieto y jugar con él. Se quitó el sombrero mientras decía:

—Idiay ¿no hay nadie aquí?

Estaba contento, pero notó que había demasiado silencio. Buscó al niño y a la madre, pero no estaban en el rancho. Un extraño presentimiento invadió su mente. Salió del rancho y vio a su hija sentada a la orilla del río. Corriendo, se acercó y exclamó:

—¡¿Qué ha pasado?! ¡¿Dónde está Carlitos?!
—Pa, el río se lo llevó. Es mi culpa, porque no lo cuidé. Carlitos salió del rancho y no me di cuenta. Escuché sus gritos, pero, cuando llegué, ya había desaparecido. Lo hemos perdido.

Filemón se lanzó al agua, desesperado. Nadaba y se sumergía, una y otra vez, pero sus intentos por encontrarlo fueron en vano; no había rastros de Carlitos.

La noche llegó y la oscuridad cubrió lentamente el río. Filemón alzó los brazos, vio hacia el cielo mientras gritaba desesperado.

—¡Dios mío! ¡¿Por qué sucedió esta tragedia?!

Lágrimas rodaron por sus arrugadas mejillas. Sintió que le habían arrancado un pedazo del corazón. Abrazó a su hija y juntos regresaron al rancho.

Al amanecer del día siguiente, Filemón salió del rancho y corrió hacia el río en busca del cuerpecito de su nieto. Nadó y se sumergió, pero no logró encontrarlo. Salió del río, caminó por la orilla y, finalmente, lo vio sobre las ramas de un viejo árbol de cedro que había caído al agua, derribado por el viento. El pequeño estaba bocarriba y parecía que dormía; su carita lucía angelical. Filemón caminó sobre el tronco, agarró el cadáver y lo estrechó en su pecho. Salió a la orilla, se arrodilló sobre el zacate, miró al cielo y rezó una oración al Creador. Sus negros ojos estaban enrojecidos por el llanto. Un dolor profundo estremeció su cuerpo; había perdido a su amado nieto. Se incorporó y corrió con el cadáver en brazos hacia el rancho; Guirnalda salió a su encuentro. Tomando el cuerpecito en sus brazos, le acarició la carita y la llenó de besos mientras decía:

—¡Mi hijito amado...! ¿Por qué ha pasado esta desgracia, Tatica Dios?

Envolvió el cuerpecito en una cobija y se sentó sobre la hierba, cantándole una canción de cuna mientras lo arrullaba. Cuando la noche llegó, entró al rancho y se durmió abrazada al cadáver. Al día siguiente, Filemón se le acercó y le dijo:

—Hija mía... debemos enterrarlo.

Guirnalda envolvió el cadáver en una sábana blanca. Su padre lo tomó en brazos y caminó hacia una loma. Colocó el cuerpo sobre el zacate. Después, fue al rancho y regresó con una macana y una pala. Cavó una fosa y lo enterró. Cortó la rama de un árbol y, haciendo una cruz grande, la clavó en el montículo de tierra.

Guirnalda

Tras la muerte de Carlitos, un profundo vacío inundó los corazones de Filemón y su hija. Las palabras estaban ausentes y un silencio abrumador reinaba en el rancho.

Cuando nos falta un ser amado, nuestra vida cambia; un dolor inmenso inunda nuestro corazón y nubla nuestra mente. Entonces, ya no somos los mismos. Cumplimos con nuestras obligaciones; sin embargo, la ausencia del ser amado nos roba el sueño y un vacío enorme nos persigue hasta el fin de nuestros días.

Guirnalda caminaba por la orilla del río abstraída, mirando hacia la vertiginosa corriente. Por las mañanas, recogía flores y las ponía sobre la tumba. Se arrodillaba, inclinaba la cabeza y rezaba una oración. Después, regresaba al rancho, metida en sus pensamientos.

Filemón talaba el bosque, destruyendo los árboles y la maleza, sin descanso. Quería calmar el dolor que atormentaba su corazón, ensañándose contra la naturaleza. La ausencia de Carlitos lo estaba matando. Entonces, su salud se quebrantó; se sentía enfermo. Una tarde, mientras trabajaba, sintió que le dolía el pecho. Se recostó a un viejo árbol y susurró:

—Dios mío, me estoy muriendo.

Tomó en sus manos el calabazo, se lo acercó a la boca y tomó un sorbo de agua. Luego, miró hacia el rancho e inclinó la cabeza lentamente.

Las sombras de la noche caían sobre el denso bosque y Filemón no llegaba al rancho. Entonces, Guirnalda fue a buscarlo. Lo encontró recostado al árbol con la cabeza apoyada en el hombro izquierdo.

Corrió hacia el rancho, agarró un mecate, fue al corral por un caballo y volvió a donde se encontraba el cuerpo de su padre. Lo subió al caballo y lo llevó al rancho. Al amanecer del día siguiente, agarró una pala e hizo una fosa en la loma junto a la tumba de Carlitos y lo enterró. Observó las tumbas detenidamente y caminó hacia el rancho, llorando cabizbaja. No entendía por qué la vida había sido tan despiadada con ella. Una mueca de dolor marcó su carita y su boca, que en el pasado había sonreído mientras recogía flores. No volvió a pronunciar palabra. Su largo y elegante cuello se dobló como un lirio azotado por el viento y caminaba absorta, hundida en su dolor con la vista fija en el suelo.

Guirnalda se mantuvo encerrada en el rancho durante una semana. Una mañana, se dirigió a los sembradíos y comenzó a recoger la cosecha de maíz, almacenándolo en una troja; sólo sacaba tiempo para comer algunos alimentos y llevar un ramito de flores a las tumbas.

Tenía el carácter fuerte y decidido de su padre. Era valiente y por sus venas corría la sangre del campesino puriscaleño, acostumbrado a luchar con la adversidad. Sentía mucho odio por el hombre que la había violado. Entonces, descargaba todo ese odio contra la naturaleza, destrozando árboles y cuanto arbusto se interponía en su camino.

Llegó el invierno y llovió durante días y días. Pero ella, cada atardecer, llevaba dos ramitos de flores de Santa Lucía y los ponía sobre las tumbas; las cuidaba y mantenía limpias. Alzaba la vista al cielo y rezaba una oración al Creador por el descanso de las únicas personas que había amado.

El recuerdo del hombre que la había violado invadía su mente. Entonces, el odio creció e inundó cada centímetro de su cuerpo. Un inmenso deseo de venganza la atormentaba, aguijoneándola continuamente.

El duro trabajo trasformó sus facciones; su rostro, que alguna vez fuera angelical, se volvió tosco y rudo. Sus ojos negros destellaban ira y rencor. Su cuerpo se hizo robusto y fuerte como un árbol de madera negro.

Autor costarricense

Guirnalda

Una mañana de verano, Godínez volvió al pueblo de La Legua porque el capitán Artemio requería, una vez más, de su experiencia para atrapar a varios hombres que producían guaro clandestino. Godínez seguía emborrachándose y abusando de su autoridad, violando mujeres. Se reía de sus fechorías porque sabía que nadie se atrevería a detenerlo.

Una tarde, Guirnalda se encontraba frente al rancho, cortando trozos de leña con el hacha. De repente, escuchó el trote de un caballo y vio al hombre que lo montaba. Lo reconoció al instante y su mente se cegó de ira. Godínez bajó del caballo y caminó hacia ella mientras decía:

—Ah, caray, ¡qué guapa está!

Guirnalda había esperado con ansias la ocasión de vengarse del hombre que había destrozado su vida. Godínez intentó agarrarla, pero Guirnalda lo esquivó y le lanzó un fuerte hachazo. El golpe le arrancó el brazo derecho de un tajo. Godínez lanzó un alarido y cayó de rodillas, llorando y pidiendo clemencia, pero Guirnalda se le abalanzó con el hacha y le descargó golpe tras golpe, sin piedad. Del cuerpo de Godínez sólo quedó una masa de carne, sangre y huesos, esparcida sobre la hierba. Guirnalda lanzó el hacha a unos matorrales, caminó hacia el río, alzó la cabeza y respiró profundo.

Sintió que había sacado de su mente algo que la estuvo atormentando durante mucho tiempo. Una sensación de placer recorrió su robusto cuerpo de pies a cabeza. Volteó la cara y miró por un instante las tumbas donde yacían sus seres amados. Después, extendió los brazos y se metió al río, dejándose llevar por la correntada que la arrastró, llevándola a lo profundo...

Con el paso del tiempo, las enredaderas cubrieron el rancho de florecillas de colores y sólo quedaron vestigios de aquel hermoso lugar.

Algunas personas, que han pasado a altas horas de la noche por el rancho abandonado, cuentan que han visto la silueta de una hermosa mujer dirigirse hacia una loma, llevando un ramito de flores en sus manos para colocarlo sobre un montículo de zacate; es el alma en pena de Guirnalda, que regresa del más allá a dejar un ramito de *santalucías* sobre las tumbas de sus seres amados.

Autor costarricense

Guirnalda

La Leyenda del Toro Negro

En los años cincuenta, Pozos era un hermoso pueblito donde los habitantes tenían vidas felices y prósperas, en armonía con la naturaleza. Los hombres se levantaban temprano, oían el canto melodioso y acogedor del yigüirro y, cuando el sol comenzaba a salir, ya estaban trabajando.

Doña Estela era una mujer alta y delgada en sus cuarentas que poseía una hermosa hacienda con una casa grande de piso de tierra, hecha de madera, con una puerta amplia y dos ventanas pequeñas. Era una mujer valiente y emprendedora porque, después de que murió su esposo, se hizo cargo de la hacienda, dedicándose a sembrar maíz, frijoles y caña dulce. Ella estaba muy orgullosa de Pablo, su único hijo, porque era muy trabajador. El joven era alto y delgado, con apenas veinte años cumplidos.

Don Isidro era un anciano de ochenta años, de blanco cabello tupido y grandes ojos gris oscuro, empañados por cataratas. Su arrugada cara ostentaba una poblada barba y un mostacho, también blancos. Era el capataz de la hacienda y doña Estela lo quería mucho porque había trabajado para la familia desde joven. Vivía en la hacienda en un ranchito ubicado en una loma.

Un domingo al atardecer, cuando Pablo ensillaba su hermoso caballo negro su madre se le acercó.

—Idiay, hijo ¿pa' dónde va tan catrineado?
—Ma, voy pa' Puriscal.
—Hijo, ya son las cinco. Después del anochecer, nadie pasa por el cruce de Candelarita; la gente dice que el mismo diablo sale en forma de un enorme toro negro, espantando a la gente.

Autor costarricense

—¡Ma! No creo que allí asusten, son cuentos de la gente.

Pablo montó el caballo y salió al galope. Doña Estela lo vio alejarse y se preocupó porque amaba mucho a su hijo.

Varias horas más tarde, el cielo estaba decorado con estrellitas y la luna llena alumbraba el angosto camino por donde Pablo regresaba a casa montado en su brioso caballo, que trotaba a un rítmico compás, bailando con las patas delanteras y enderezando su hermoso cuello con elegancia.

Pablo sostenía una botella de licor en su mano derecha, tomaba largos sorbos y cantaba una canción. Antes de llegar al cruce de Candelarita, vio un enorme toro negro envuelto en una luz brillante que corría a embestirlo. Entonces, recordó las palabras de su madre. Asustado y nervioso, se persignó y rezó una oración. «Tatica Dios, protégeme de los espantos». Soltó las riendas del caballo; el animal corrió desbocado y, con su pesado cuerpo, derribó una cerca de cinco hilos de alambre y rodó con su jinete por una ladera, cayendo a la orilla de un río.

El canto del gallo despertó a doña Estela, quien se dirigió al cuarto de su hijo. Lo llamó dos veces, pero no escuchó respuesta. Entró y vio que no había regresado, entonces presintió que había tenido algún percance.

—Dios mío —susurró—, que no le haya sucedido nada a mi hijo.

Salió de la casa camino al trapiche donde estaba el capataz y lo llamó.

—¡Don Isidro!
—¿Señora? —respondió el viejo.
—Pablo salió ayer y no ha regresado. Llévese un caballo y vaya a buscarlo, por favor.

Don Isidro agarró un mecate y se dirigió al potrero a toda prisa.

Pablo despertó con el cuerpo adolorido; había dormido la borrachera en un zacatal. Se acercó al río y se sentó en una piedra. Recogió agua con su mano y tomó dos sorbos. Se incorporó y buscó el caballo; lo vio desangrándose en la orilla del río con una profunda herida en el pecho. Se arrodilló y se abrazó al cuello del animal. De sus grandes ojos negros brotaban abundantes lagrimones que se deslizaban por su rostro. Se oprimió la cabeza con sus grandes manos y exclamó:

—¡Mi caballo está muriendo por mi culpa!

De repente, escuchó la voz de don Isidro que lo llamaba desde el camino. El encorvado anciano se agarró de los arbustos con sus toscas manos callosas y bajó por la ladera hasta llegar a donde estaba Pablo.

—Idiay, muchacho, ¿cómo cayó en este barranco?
—Anoche me asustó el espanto del Toro Negro. El caballo se me desbocó y caímos por esta ladera.
—Ah, caray. Eso le pasó por andar parrandeando.

Pablo inclinó la cabeza y se dio cuenta de que un hilillo de sangre brotaba de su nariz y de que sus labios estaban hinchados, llenos de pequeñas heridas.

—El caballo está herido. Vaya a la hacienda y traiga un rifle para matarlo.
—No, no es necesario; ese caballo ya estiró la pata —contestó don Isidro, observando al animal.

Pablo se apoyó en el hombro del capataz y juntos salieron al camino.

—Muchacho, váyase para la casa. Su madre está muy preocupada. Llévese mi caballo; yo regreso caminando.

Doña Estela estaba muy preocupada; su rostro lucía demacrado y sus ojos, enrojecidos. Cuando Pablo llegó a la casa,

Autor costarricense

salió a su encuentro, lo abrazó, lo llevó al dormitorio, lo acostó y le curó las heridas.

—Hijo mío, no he tenido paz desde que desperté, esperando su llegada —un sudor frío bañaba su frente. —Ay, hijo mío, ¿por qué anda en malos pasos? Deje esa costumbre de emborracharse; eso no deja nada.

—Tiene razón, Ma. Le juro que, de ahora en adelante, me voy a portar bien.

Doña Estela abrazó a su hijo y una sonrisa se dibujó en sus labios. Se sintió muy feliz con la promesa que él le hizo.

Una semana después de lo ocurrido, Pablo fue a visitar a don Isidro. El capataz descansaba frente al rancho, sentado sobre la suave yerba. Al verlo, se incorporó y le estrechó la mano.

—Idiay, muchacho, ¿cómo está?

—Juepucha. Viera que, desde que me asustaron, me siento nervioso. No puedo dormir; me despierto por la madrugada, sobresaltado. Don Isidro, ¿qué son los espantos?

—Idiay, yo creo que es el mismísimo *pisuicas* que asusta a la gente parrandera. Pero venga, pase adelante, quiero mostrarle algo.

Pablo entró al rancho y vio una enorme cruceta con el puño de metal colgando de un clavo en la pared, guardada en una funda de cuero.

—Muchacho, esta cruceta me la regaló mi abuelo. Mis antepasados la usaban para combatir al diablo. Hay que rezar una oración y clavarla en el lugar donde sale el espanto —entonces, con voz ronca y autoritaria, el viejo exclamó: —¡Muchacho, vaya al cruce a las doce de la noche, clave la cruceta donde sale el espanto, rece una oración y le aseguro que el diablo no volverá a espantar a nadie en ese lugar!

El corazón de Pablo comenzó a latir con fuerza y un escalofrío recorrió todo su cuerpo.

—No, señor. Yo no quiero hacerlo. Vaya usté —y salió del rancho caminando a grandes zancadas para entrar a su casa.

La noche estaba oscurísima y la larguirucha silueta de don Isidro apenas se distinguía en la oscuridad. El viento gemía al rozar las ramas de los árboles, pero él caminaba decidido. De pronto, sintió que un frío helado le entraba por la nuca, recorriéndole el cuerpo. Se acercó al cruce de Candelarita y, arrodillándose sobre las piedrecillas del camino, agarró la␣cruceta del puño con ambas manos con la hoja hacia abajo, repitiendo:

—Dios mío, dame fuerzas para combatir al diablo.

Se incorporó y prosiguió su caminar a paso firme. El fuerte viento lo desbalanceaba, pero siguió adelante. Alzó la vista y vio un enorme toro negro envuelto en una luz brillante que sobresalía en la oscuridad. Don Isidro se abalanzó sobre el espanto y clavó la cruceta en el camino. El espanto lanzó un bramido quejumbroso, espeluznante y lentamente se desvaneció en la penumbra de la noche. Don Isidro se mantuvo firme, sosteniendo la cruceta con ambas manos. De repente, la noche se tornó clara y la luna brilló en el cielo. Don Isidro sacó la cruceta de la tierra, se arrodilló y rezó una oración.

—¡En el nombre de Tatica Dios, el diablo no volverá a espantar en este lugar!

Don Isidro fue un hombre que vivió la época de nuestros ancestros, campesinos valientes honestos y trabajadores que no le tenían miedo a nada.

Autor costarricense

LA OPORTUNIDAD

Hace muchísimos años, vivió en el pueblo de Pozos un hombrecito pequeño y regordete que era amante y observador de la naturaleza. Le gustaba adentrarse en los bosques y observar los gigantescos árboles, las flores silvestres, las aves y los animales. En ese entonces rondaría los cuarenta años. Al atardecer, se sentaba a la vera del camino en el zacate a contar anécdotas sobre sus vivencias. Su forma de hablar llamaba la atención de la gente porque decía haber realizado grandes hazañas.

Su nombre era un misterio. Entonces, los niños lo apodábamos *Pelancho*, porque tenía abundante cabello ondulado, una gran cara redonda y ancha la frente. Vivía en un rancho cerca del bosque y, durante el día, recorría el pueblo, conversando con la gente. Al anochecer, regresaba al rancho y, al otro día, seguía en su mismo afán, buscando a alguien con quien conversar para contarle sus vivencias. Sus ojos color verde oscuro eran grandes y su nariz, achatada. Sonreía a menudo, mostrando sus blanquísimos dientecillos y decía que se había enfrentado a un león de montaña y a muchos animales feroces. Los niños, al atardecer, nos sentábamos sobre el zacate y lo escuchábamos, entusiasmados. Con el paso del tiempo, la gente dejó de creerle y decían que todo lo que contaba lo inventaba. Cuando lo veían pasar, lo molestaban gritándole:

—¡Pelancho, ahí viene el tigre!

Los niños corríamos detrás del afable hombrecito repitiendo su nombre. Él nos evadía, escondiéndose en el bosque. En esa época, Pozos era un pueblo pequeño con una pulpería y una iglesia hecha de madera. Frente a la iglesia había una plaza pequeña donde los niños nos reuníamos a jugar con una vieja bola de coyunda.

Autor costarricense

La oportunidad

Don Ángel Cerdas era un abuelo de sesenta años que poseía una bonita hacienda con una casa grande hecha de bajareque. Detrás de la casa había un trapiche y, a poca distancia del trapiche, una pequeña y hermosa laguna rodeada de flores acuáticas y frondosos árboles. Uno de los árboles había caído sobre la laguna, derribado por el viento, y su grueso tronco se pudría lentamente.

Don Ángel estaba muy preocupado porque había desaparecido un perro que quería mucho, así como cinco gallinas. Entonces, llegó a la conclusión de que algún depredador estaba matando a sus animales. Su descontento llegó al límite cuando un pequeño ternero que pastaba en las cercanías de la laguna desapareció; anduvo por toda la hacienda buscándolo y no logró encontrarlo.

Una mañana, el pequeño hombrecito llegó a la hacienda y don Ángel salió a su encuentro, estrechándole la mano.

—Pelancho, usté llega como caído del cielo.

—Idiay, ¿yo pa' qué soy bueno?

—Pues, verá usté: yo tengo un serio problema y creo que puede ayudarme.

—Ah, caray, ¿qué problema tiene?

—Viera que se me han perdido varios animales y estoy muy preocupado porque no he logrado descubrir qué los está matando. Si usté lo atrapa, yo lo recompenso. Tome este machete porque puede necesitarlo y resuelva mi problema.

—Sí, señor. Yo me encargo de averiguar por qué están desapareciendo sus animales.

Pelancho exploró la finca palmo a palmo, buscando huellas mientras hablaba solo:

—Caray, aquí no hay huellas de ningún animal grande.

De pronto, escuchó un chapoteo en la laguna, como el de un animal al zambullirse en el agua.

Se acercó, pero no vio nada. Entonces, se subió al grueso árbol derribado por el viento apoyándose con sus pequeñas manos y notó que una parte de la corteza estaba destruida.

—Ah, caray, aquí descansa un animal grande —susurró mientras bajaba.

Luego caminó por las cercanías de la laguna buscando algún indicio que lo indujera a sospechar por qué motivo se estaban desapareciendo los animales, pero no encontró huellas de predadores. Se mantuvo en la hacienda hasta las tres de la tarde, después se dirigió al centro. Allí lo esperábamos un grupo de niños, sentados a la vera del camino, para que nos contara anécdotas de su vida.

La mañana siguiente, llegó a la hacienda y se dirigió a la laguna porque sospechaba que algún predador merodeaba en las cercanías, pero no encontró huellas de animales. Sintió sueño, entonces se recostó bajo el tronco de un árbol y se quedó dormido. Una hora después, despertó, se incorporó y estiró sus pequeños brazos para soltar un largo bostezo. En eso, vio una enorme serpiente que dormía sobre el tronco del árbol caído en la laguna. Retrocedió asustado. El reptil tenía el grueso cuerpo cubierto de escamas y una enorme cabeza aplastada. Pelancho corrió despavorido. De pronto se detuvo y dijo para sí mismo: «Ésta es mi gran oportunidad para demostrar mi valentía». Regresó a la laguna, se subió lentamente al árbol y caminó rozando con sus pies descalzos el cuerpo de la serpiente. Tomó el machete con ambas manos y le atinó un fuerte machetazo en el cuello. El cuerpo del reptil giró bruscamente hacia adelante y cayó al agua. Pelancho bajó del árbol y trató de sacar a la serpiente de la laguna, pero pesaba mucho y solo sacó parte del cuerpo. Entonces, fue al trapiche a buscar ayuda y llegó jadeando. Don Ángel se le acercó.

—Idiay, hombre, ¿qué le pasa? Está más pálido que un muerto.

Autor costarricense

La oportunidad

Pelancho apenas balbuceó:

—He matado al depredador que se estaba comiendo a sus animales y necesito que me ayude a sacarlo de la laguna.

—¿Era un tigrillo o un coyote?

—No, señor. Era una serpiente que los engullía.

—¿Una serpiente se comía mis animales? Ah, caray, no le creo.

—Sí señor, es muy grande, se tragó su ternero, su perro y las gallinas que se acercaban a la laguna. Venga, pa' que la vea.

—Idiay, vámonos.

Llegaron a la laguna y don Ángel se quedó asombrado al ver la serpiente.

—¡Juepucha! Es enorme. Jamás pensé que existieran serpientes tan grandes. Su cuerpo es largo y grueso; creo que mide más de tres metros. Pelancho, sólo porque lo veo, lo creo. A veces me he burlado de su figura y su forma de hablar, pero usté me ha demostrado que es todo un valiente.

Al poco rato, llegaron los peones y se quedaron sorprendidos al ver el tamaño de la serpiente. Ellos cortaron la rama de un árbol cercano y amarraron al reptil de la cola y del cuello. Dos peones la cargaron en hombros y la pasearon por el pueblo. Pelancho caminaba orgulloso al frente de la procesión. Las mujeres dejaron sus quehaceres y siguieron el desfile, los niños nos acercábamos bulliciosos rodeándolo y los hombres dejaron su faena para unirse al desfile.

La gente emocionada gritaba:

—¡Pelancho, Pelancho!

El pequeño hombrecito tuvo la oportunidad de demostrar su valentía y la aprovechó muy bien. Desde entonces fue muy apreciado y respetado en el pueblo. Ha pasado muchísimo tiempo y su nombre aún resuena en boca de los abuelos.

El Tesoro de El Altillo

Antaño nuestros ancestros dependían totalmente de la agricultura para sobrevivir y no era necesario abonar la tierra. Los medios de transporte más usados eran el caballo y la carreta. El caballo se utilizaba como bestia de carga y para viajar de un pueblo a otro por caminos estrechos y difíciles de transitar. La carreta era indispensable para el campesino, los boyeros la utilizaban como medio de transporte de granos, caña, leña y tabaco. Sacaban arena de los ríos y árboles de los bosques para hacer madera. Los campesinos que vivían en pueblitos alejados del centro usaban la carreta para llevar a la familia a misa los domingos y, cuando alguna familia tenía que pasarse de casa de un pueblo a otro, la carreta era el medio de transporte.

Mi madre escuchó esta historia cuando era joven; ella me la contó y yo se las cuento a ustedes, amigos lectores.

En la finca de don José había extensos sembradíos de café y dos peones se encargaban del mantenimiento; estaba situada en Junquillo Abajo, antes de llegar a los cafetales, se tenía que pasar por un extenso potrero donde pastaban muchas vacas. Fermín era un muchacho que trabajaba en esa finca. Un lunes, a las cinco de la mañana, iba cruzando el potrero para iniciar la jornada y, al pasar frente a una loma que llamaban El Altillo, vio la silueta de un hombre alto que miraba hacia el bosque.

—Juepucha, ¡¿quién será ese hombre?! —exclamó y sintió un escalofrío recorrer todo su cuerpo.

Se detuvo, volteó la cara y vio que el hombre había desaparecido.

—¡Ave María Purísima! —exclamó. —Es un alma en pena.

Autor costarricense

Fermín corrió despavorido y llegó al lugar donde tenía que comenzar a trabajar; se encontró son su compañero Nancho, afilando el machete.

—Idiay, muchacho, ¿por qué está tan asustado?
—Acuantá me asustaron.
—Ah, caray. Cuénteme qué le pasó.
—Idiay, cuando venía cruzando el potrero vi a un hombre en El Altillo mirando hacia el bosque. En eso, desapareció. Juepucha, viera qué susto me dio. Sentí un escalofrío en todo el cuerpo. Entonces, corrí espantado.
—Fermín, ¿dónde está su pala?
—¡Ay, Tatica Dios! La dejé tirada en el camino.
—Diay, vamos a buscarla.

Nancho era un hombre de sesenta años cuyo rostro estaba curtido por el sol y marcado por profundas arrugas. Cubría su cabello blanco como la nieve con un viejo sombrero de paja que descansaba sobre sus grandes orejas. Era un hombre bondadoso y lleno de sabiduría que siempre le daba buenos consejos a Fermín. Cuando llegaron a las cercanías de El Altillo, encontraron la pala. El viejo la agarró y se la dio al chico.

—Muchacho, acuantá vio un alma en pena que cuida un tesoro.
—Idiay, ¿usté cree en esas cosas?
—Sí, claro. Cuentan los abuelos que, hace muchísimos años, en este lugar había un pueblo indígena. En esta loma, los indios enterraban a los muertos con todos sus bienes. Yo creo que el alma en pena que vio lo eligió para que desentierre su valioso tesoro.

Los rayos del sol bañaron los bosques cercanos y Fermín comenzó a trabajar mientras pensaba en las palabras de su amigo. «¿Será cierto lo que dice Nancho?» Y, mientras trabajaba, hablaba solo.

—El trabajo de peón jornalero es muy duro y, como soy pobre, tengo que darle mis fuerzas al terrateniente a cambio de un mísero sueldo que apenas me alcanza para comer —se quitó el chonete que cubría su cabeza y se pasó el dorso de una mano por la frente y siguió hablando solo. —Ah, caray, si en El Altillo hay un tesoro, voy a desenterrarlo y salgo de la pobreza.

Doña Josefa, la mamá de Fermín, era una anciana de cuerpo grueso en sus sesenta. Sus grandes ojos, que alguna vez fueron negros, con el pasar de los años se volvieron de color marrón por las cataratas y todo lo veía borroso. Vivían en un ranchito de piso de tierra en Junquillo Abajo. Fermín llegó al rancho al atardecer.

—Idiay, hijo, ¿cómo le fue?
—Muy bien. Ma, ¿es cierto que existen almas en pena?
—Idiay, ¿por qué lo pregunta?
—Hoy cuando iba pa'l trabajo, al pasar por El Altillo, me asustaron. Nancho dice que en esa loma hay un alma en pena cuidando un tesoro.

Doña Josefa le acarició el cabello a su hijo:

—Idiay, cuénteme qué fue lo que vio.
—Ma, vi un hombre alto de piel morena mirando hacia los bosques. De pronto, desapareció. Ah, caray, viera qué susto me dio; me temblaba todo el cuerpo.

Doña Josefa hizo una mueca negativa.

—Hijo, no le haga caso a Nancho. Las almas en pena no existen; los que mueren no vuelven más. Preocúpese por ganarse el pan de cada día.
—Ma, si en El Altillo hay un tesoro, yo quiero desenterrarlo para salir de la miseria en que vivimos.
—Hijo, no piense más en esas cosas. El pobre siempre será pobre y debe conformarse con lo que Dios le repara.

Autor costarricense

Los domingos, después de salir de misa de cuatro de la tarde, las muchachas daban vueltas alrededor de la plaza que estaba frente a la hermosa parroquia. Ellas esperaban que algún muchacho las cortejara. Lucían hermosas y recatadas con sus largos vestidos anchos que les cubrían desde el cuello hasta los tobillos. Cuando el reloj de la parroquia daba seis campanadas, corrían apresuradas para sus casas, porque era tarde y sus padres no les permitían estar en la calle después de esa hora. Rodrigo era un muchacho alto y fornido de veintitrés años que había trabado amistad con Fermín y los domingos, cuando salían de misa, se sentaban en un poyo a mirar a las muchachas pasar.

—Quiero cortejar a María, pero no sé qué decirle.

—Caray, Fermín, no sea pendejo, dígale lo que se le ocurra. Ya verá que ella lo acepta.

—Acharita, mejor otro día.

—¿Idiay? Háblele ahora mismo.

—No. No puedo, porque quiero hablar con usté de algo importante.

—Y dígame, ¿de qué se trata?

—Pues, le invito una cerveza y le cuento.

Los muchachos caminaron hacia barrio San Isidro, entraron a una cantina y pulpería –ubicada al este del viejo aserradero–, pidieron dos cervezas y se sentaron en un largo escaño de madera que había a un costado del establecimiento.

—Idiay, Fermín ¿qué quiere decirme?

El chico le contó a su amigo lo sucedido en El Altillo.

—Ah, caray, ¿usté cree en almas en pena?

—Sí, claro. Nancho me contó que hace mucho en ese lugar había un pueblo indígena que enterraba a los muertos en El Altillo con todos sus bienes. Yo creo que allí hay un tesoro y quiero que me ayude a desenterrarlo.

Rodrigo, entusiasmado, se frotó ambas manos y un brillo de alegría le iluminó la cara.

—Mi amigo, si es cierto lo que usté dice, ese tesoro puede cambiar nuestras vidas. Yo estoy cansado de trabajar ganando un mísero sueldo. Me gustaría tener dinero para comprarme una mudada y unos buenos zapatos; estoy aburrido de ponerme siempre la misma ropa.

—Yo estoy en las mismas —replicó Fermín—. Estoy harto de vivir en la pobreza, esperando que llegue diciembre para que el patrón me regale una mudada. Mi madrecita necesita medicinas y yo no puedo comprarlas. Si logramos desenterrar ese tesoro vamos a cambiar de vida y mi viejita va a tener todo lo que le hace falta.

Mientras los muchachos charlaban, un hombre alto y delgado se les acercó.

—Buenas tardes, chavalos, ¿cómo están? —Fermín y Rodrigo observaron al hombre, que se presentó, sin esperar respuesta a su saludo: —Mi nombre es Marcelo. ¿Puedo sentarme con ustedes?

—Está bien —dijo Rodrigo.

—¿Usté no es del pueblo? —preguntó Fermín.

—No —contestó Marcelo—, vivo en San José.

—¿Y a qué se dedica?

—Yo trabajo buscando y desenterrando figuras de barro y las vendo en la capital. Vine a trabajar aquí y me quedé limpio; necesito dónde rolear.

—Vaya al aserradero —dijo Fermín— y hable con don Tobías; es un buen hombre. Dígale que le dé posada para pasar la noche.

—Gracias —contestó el tipo y, siguiendo la recomendación de Fermín, se dirigió al aserradero.

Fermín había pronunciado la palabra 'tesoro' muy fuerte. Por eso Marcelo se les había acercado, pues también soñaba

Autor costarricense

con encontrar un tesoro para salir de la pobreza en que vivía. Llegó al aserradero y se encontró con un hombre corpulento.

—Buenas tardes, señor.

—Buenas tardes —respondió el hombre de voz pausada y ronca. —¿Qué se le ofrece?

—Mi nombre es Marcelo. Me dijeron que puede darme posada por un par de noches mientras consigo brete.

Tobías lo observó detenidamente.

—Idiay, yo nunca lo he visto por aquí.

—No, señor. Soy de San José y me quedé limpio. Présteme plata para regresar o deme posada.

—Bueno, está bien. Aquí hay mucho espacio; busque un lugar donde dormir.

Don Tobías era un hombre canoso y muy alto, con ochenta ya cumplidos, de semblante afable marcado por profundas arrugas y ojos negros, grandes y tristes. Usaba una sandalia de cuero en su pie derecho, del cual cojeaba. Vivía en el viejo aserradero y su enorme figura llamaba la atención. Cuando las personas lo veían pasar, se detenían a observarlo; era un gigante dulce y bondadoso.

Un domingo al atardecer los muchachos salieron de misa y se sentaron en una de las bancas que había alrededor de la plaza. Fermín esperaba la oportunidad de acompañar a María, quien caminaba con una amiga y, al pasar por donde estaba Fermín, lo miraba discretamente.

—En la próxima vuelta la acompaño —decía. Rodrigo lo alentaba, pero Fermín estaba indeciso.

—Idiay, acompáñela. Ella ahorita se va pa' la casa.

María esperaba que Fermín la cortejara y, cuando se le acercó, se miraron a los ojos y sus corazones se estremecieron. Así es el amor: basta una mirada y una sonrisa para entregar el corazón. Caminaron durante quince minutos alrededor de la plaza y María rompió el silencio.

—Debo irme, ya es tarde.
—¿Puedo acompañarla a su casa?
—Claro que sí.

Caminaron por una angosta callecita de piedras sueltas rumbo a Cerbatana. María era una chica de dieciocho años, rubio cabello largo y ondulado, cara redonda y nariz respingada. Era humilde, religiosa y linda como una muñequita. La callecita estaba bordeada de frondosos árboles que entrelazaban sus ramas como abrazándose. Las plantas trepadoras subían por los troncos, extendiéndose hasta alcanzar las ramas, y sus delgados bejucos estaban cargados de flores azules que se mecían al ritmo del viento. María apresuró el paso. Fermín quiso agarrarle la mano, pero ella no lo permitió.

—No, no lo haga. Ya casi llegamos y nos puede ver Pa.
—Caray, yo quiero decirle algo.
—Idiay, ¿qué quiere decirme?
—Quiero hablar con su padre, pa' pedir la entrada.

María sonrió y corrió a casa, ilusionada. Fermín la vio entrar y caminó de regreso al rancho, feliz y enamorado. La había conocido una tarde en misa de cuatro y, cuando sus miradas se cruzaron, el amor serpenteó en sus corazones cual rayo de luz que inundó cada centímetro de sus cuerpos.

Cerbatana era un pueblo bellísimo, rodeado de bosques y verdes potreros donde pastaban muchas reses. Allí se respiraba un aire con olor a flores. Fermín caminaba y, en un recodo del camino, estaba esperándolo Rodrigo.

—Idiay, cuénteme cómo le fue con María.
—Muy bien. Voy a hablar con su padre para pedir la entrada; quiero casarme con ella.
—Ah, caray, amigo. Usté tiene mucha suerte.

Autor costarricense

Rodrigo vivía con sus padres en Junquillo Arriba, en una casita de piso de tierra. Fermín llegó al rancho, ilusionado. El amor que sentía por María lo hacía soñar muy alto. Abrió la puerta y entró sin hacer ruido. De repente, escuchó la voz de su madre.

—Hijo, cierre bien la puerta.
—Sí, señora.
—Buenas noches.
—Buenas noches, Ma.

Se acostó sobre la vieja estera, pero estaba tan feliz que no lograba conciliar el sueño. Pensaba en María y en lo mucho que la amaba. Las horas transcurrieron y no logró dormirse. Estaba en sus cavilaciones cuando escuchó la voz de su madre llamándolo.

—Hijo, ya es hora de levantarse.

Fermín se levantó soñoliento, se puso unos caites viejos y se lavó la cara. Después, se sentó en un viejo taburete al lado del fogón donde su madre palmeaba tortillas, tomó un jarro de café y se comió una gruesa tortilla. Cuando terminó de desayunar, su madre lo persignó y le dio la bendición. El muchacho agarró la pala y se dirigió al trabajo. Al pasar por El Altillo vio la silueta del hombre que había visto días atrás. Entonces, caminó apresurado y hablando solo:

—Voy a desenterrar ese tesoro y, con el oro que encuentre, me compro una finca, le hago una casa a mi mama, la llevo donde un buen doctor para que cure sus enfermedades y le propongo matrimonio a María.

Fermín estaba obsesionado por desenterrar el tesoro y, mientras trabajaba, una y otra idea surcaba por su mente. Nancho se le acercó.

—Idiay, ¿qué le pasa? ¿Por qué está tan callado?
—Caray, estoy pensando en el tesoro de El Altillo.

—Idiay, ¿no lo va a desenterrar?

—Sí, señor. Rodrigo me va a ayudar. Ayúdenos y tendrá una parte del oro que encontremos.

Nancho respiró profundo y miró hacia el bosque.

—Muchacho, usté tiene veinte años, está comenzando a vivir y, si piensa bien, puede llegar a ser un hombre importante. Yo estoy en el ocaso de mi vida y no ambiciono tener riquezas. Busque ese tesoro; ojalá que encuentre una tinaja de oro y realice todos sus sueños.

Los días pasaron y Fermín esperaba con ansias el día en que desenterrarían el tesoro. Tenía que ponerse de acuerdo con su amigo y decidir la noche en que lo harían. Marcelo sospechaba que los muchachos sabían algo sobre un tesoro, entonces un atardecer llegó al rancho en busca de Fermín. Doña Josefa abrió la puerta.

—Buenas tardes, señora.

—Buenas tardes, señor, ¿qué se le ofrece?

—Mi nombre es Marcelo, soy amigo de Fermín, ¿se encuentra aquí?

—No, anda trabajando. Espérelo, no tarda.

Al poco rato, Fermín llegó al rancho y se encontró con Marcelo.

—Idiay, ¿qué le trae a usté por aquí?

—Pues, vine a pedirle un favor.

—Ah, caray, mientras que no sea de plata.

—Necesito conseguir chamba donde usté trabaja.

—Idiay, ¿usté ha trabajado en el campo, con pala y machete?

—No, pero necesito bretear porque estoy en la lipidia.

—Bueno, espéreme aquí. Ahorita vamos a hablar con el patrón.

Autor costarricense

Marcelo logró conseguir trabajo en la finca de don José. Al día siguiente, se encontró con Fermín en la entrada y, cuando llegaron al cafetal, Nancho estaba afilando el machete en un molejón.

—Buenos días, compañero.
—Buenos días, muchacho.
—Le presento a Marcelo; va a trabajar con nosotros.
—Mucho gusto —dijo Nancho y le tendió la mano.

Marcelo se la estrechó e iniciaron la jornada a las seis de la mañana, hasta sentir un calor sofocante al mediodía. El forastero tenía el rostro empapado en sudor y las orejas quemadas por el sol; estaba agotado. Se acostó sobre la suave yerba, se puso ambas manos en la nuca y hablaba solo:

—Pucha, estoy pa'l tigre. Mis manos están llenas de ampollas y no aguanto el dolor de cintura. Bueno, debo tener paciencia. Estoy seguro de que Fermín y Rodrigo saben algo sobre un tesoro; tengo que vigilarlos. Ay, Dios, me duele todo el cuerpo, este trabajo es muy duro.

Fermín se le acercó.

—Idiay, ¿cómo se siente?
—Estoy pa'l tigre. Quiero quedarme aquí acostado.
—Hombre, no sea cuilmas. Levántese y vámonos; ya terminó la jornada.

El domingo siguiente, Fermín se vio con Rodrigo en la cantina y decidieron desenterrar el tesoro esa misma semana.

—Amigo, debemos sacar el tesoro por la noche para que el patrón no se dé cuenta. Nos vemos el jueves a las nueve en la entrada de la finca. Traiga una pala. Yo llevo una macana. Y no olvide traer un foco.

—Está bien —dijo Rodrigo.

Los muchachos se despidieron y Marcelo, que estaba en el aserradero, los observaba. Tobías se le acercó.

—Idiay, hombre ¿cuándo se va? Yo le di posada por una noche y hace quince días que está aquí.

—Tranquilo, viejo, esta semana me largo.

El padre de María se enteró de que Fermín la cortejaba y no aceptó al jornalero como yerno; jamás permitiría esa relación. Era un hombre muy estricto con sus hijos, poseía una finca con ganado de lechería y un extenso sembradío de café. Las gallinas cacareaban y brincaban de un lado a otro; María desgranaba una mazorca de maíz y las alimentaba. En ese momento, su padre la llamó.

—María, María, ¡venga acá!

María se le acercó y en sus ojitos color cielo brilló un destello de alegría que, de repente, se apagó como la llama de un cabito de candela acariciada por el viento. Su padre le dijo:

—Hija, me contaron que Fermín viene a acompañarla después de misa.

—Es cierto, Pa.

—Escúcheme bien lo que voy a decirle, porque no voy a repetirlo. Quiero que se aleje de ese muchacho; no quiero verlo por aquí. ¿Está claro?

—Sí, señor.

Las lágrimas brotaron de sus lindos ojos y se deslizaron por su carita hasta empaparle el cuello. De su garganta surgió un llanto inconsolable y sus labios temblaban sin control; su corazón palpitaba con ímpetu. Se arrodilló sobre la tierra, vio hacia el cielo y rezó una oración:

—Virgencita María, ayúdame a ser obediente y a aceptar lo que ordene mi padre.

Autor costarricense

Se incorporó, enjugó las lágrimas en el blanco delantal y siguió en sus quehaceres.

Para el amor verdadero no existen palabras; basta una mirada, una sonrisa. Un gesto es suficiente para que la llama arda silenciosa en el corazón. Esa llama crece y no puede apagarse fácilmente. María y Fermín se amaban con un amor inocente e ingenuo. Ellos desconocían que existen clases sociales e ignoraban que había una barrera que no podían cruzar; el padre de María jamás permitiría esa relación.

La tarde del siguiente domingo, Fermín esperaba a María. Tenía muchas ganas de verla. Ella salió de misa y se dirigió apresurada hacia su casa; él fue a alcanzarla.

—María, María, espéreme.

Fermín logró alcanzarla. La vio pálida y triste y notó el llanto en sus lindos ojos.

—Idiay, María, ¿por qué llora? ¿Hice algo malo?

Ella lo miró detenidamente; sabía que era la última vez que estaría cerca de él.

—No, no me has hecho nada. Sos bueno, te amo y siempre te amaré, pero es mejor que te alejés de mí para siempre.

—Ah, caray, ¿por qué razón?

—No debemos vernos más. Mi padre no quiere que seás mi novio.

—Idiay, yo que pensaba hablar con él y pedirle la entrada. Soy pobre, pero honrado y trabajador.

—Lo sé, pero yo tengo que obedecer a mi padre, aunque muera de tristeza.

María inclinó su cabecita dorada mientras caminaba apresuradamente. Su corazón palpitaba de amor. Sabía que siempre amaría a Fermín, pero debía obedecer a su padre. Volteó la cara, lo miró un instante y las lágrimas mojaron su carita rosada.

Le dijo adiós con voz entrecortada y corrió para llegar a la casa donde su exigente padre la esperaba.

—¡María, María! —gritó Fermín, angustiado. —Te amo.

Algunas nubes negras surcaron el cielo y una ligera llovizna comenzó a caer. Fermín alzó la cabeza, miró al cielo y sintió las gotitas mojándole la cara. Caminó hacia el rancho, hablando solo:

—La he perdido porque soy pobre y su padre no quiere a los pobres. Tatica Dios, ayúdame a olvidarla.

El jueves, a las nueve de la noche, Rodrigo y Fermín se encontraron en la entrada de la finca y caminaron hacia El Altillo. Estaban decididos a desenterrar el tesoro. Marcelo los seguía, ocultándose entre los árboles. Cuando llegaron a El Altillo, una ligera llovizna comenzó a caer y un relámpago surcó el cielo. Los muchachos comenzaron a cavar en un sitio donde Fermín creía que estaba enterrado el tesoro. Después de unos veinte minutos de cavar, escucharon un golpe sordo de la pala sobre un objeto duro.

—¡Juepucha! ¡Aquí está el tesoro! —exclamó Fermín, emocionado.

Rodrigo dirigió la luz del foco hacia el fondo de la fosa y vieron una vasija de barro grande, color ladrillo, con agarraderas a ambos lados.

—¡Dios mío! —exclamó Fermín— ¡Somos ricos!

Los muchachos sacaron la vasija y esparcieron el contenido sobre el zacate. Rodrigo se desilusionó.

—¡Qué tirada! Aquí no hay nada de valor.

—¡Maldición! —gritó Fermín, mientras golpeaba el zacate con los puños. —Todo lo que hemos trabajado para nada.

Autor costarricense

—¡Acharita! —dijo Rodrigo. —Yo que tenía planeado cambiar mi vida y dejar de ser jornalero. Sólo ha sido un sueño. Fermín, sigamos cavando, aquí tiene que haber algo más.

—No, vámonos. El foco ya no alumbra y estamos empapados, aquí no hay nada de valor.

Los muchachos salieron de la finca cabizbajos. Sus sueños de cambiar de vida se desvanecieron. Marcelo, que estaba escondido detrás de un árbol, los vio alejarse y caminó hacia El Altillo mientras hablaba solo:

—Mis sospechas eran ciertas; estos muchachos sabían algo sobre un tesoro.

Cuando se acercó al altillo y vio la vasija, una sonrisa sarcástica brotó de sus delgados labios.

—¡Ja, ja, ja! Muchachos tontos; en la vasija hay varios bienes del difunto. Estoy seguro de que aquí hay oro, pero hay que saber dónde está. Ése es mi trabajo.

Marcelo se lanzó a la fosa y comenzó a escarbar con las manos. Encontró varios huesos y siguió escarbando. De pronto, sus manos toparon con varios objetos pesados. Los sacó y los puso sobre el zacate. Salió de la fosa y comprobó que eran de oro. Alzó los brazos, eufórico, y rio a carcajadas mientras saltaba y gritaba:

—¡Soy rico, soy rico!

Echó las figuras de oro en un saco que llevaba y caminó apresurado hacia el centro.

La vieja cazadora que salía hacia San José a las cinco de la madrugada ya casi partía. Marcelo subió al vehículo y se sentó en un asiento de atrás. Agarró el saco y, poniéndolo sobre sus piernas, lo abrió y acarició las figuras de oro.

Al día siguiente, Fermín caminaba con la pala al hombro hacia el trabajo. Al pasar por El Altillo, se detuvo y observó el hueco que había hecho con su amigo Rodrigo.

Llegó donde se encontraba su compañero Nancho, lo saludó y comenzó a trabajar mientras hablaba solo:

—Tesoros y ánimas en pena; qué tonterías. Son puro cuento. Como dice Ma, el mejor tesoro es la salud.

El Dueño del Monte

En los años sesenta yo vivía en barrio San Isidro y formaba parte de un grupo de niños que, después de salir de la escuela, nos reuníamos a jugar con trompos y bolas de vidrio, a encumbrar papalotes y hacer competencias de carreras con caballitos de palo. Íbamos a los potreros, nos encaramábamos en los árboles frutales y comíamos naranjas, mangos, guayabas y cantidad de frutas que se producían en ese tiempo. Al atardecer, hacíamos una mejenga con una bola de coyunda en la plaza que estaba frente a la parroquia y, al anochecer, visitábamos al abuelo Manuel, un anciano afable de ochenta años, cabello blanco, ojos color gris claro y una cara llena de arrugas.

El abuelo Manuel nos contaba anécdotas y vivencias de su larga vida —leyendas del Cadejo, la Llorona, la Carreta sin Bueyes, la Tulevieja y la Segua— y los niños lo escuchábamos con mucha atención. Cuando la noche comenzaba a cubrir con su manto negro los bosques, nos despedíamos del abuelo y corríamos a meternos debajo de las cobijas, pensando en los espantos. Una tarde, busqué a mis compañeros para ir a jugar bola y los encontré mirando por la ventana de una casa. Entonces, me di cuenta de que el barbero del pueblo había comprado un televisor y, desde ese día, los niños cambiaron sus costumbres; las leyendas que nos contaba el abuelo quedaron en el olvido.

Un día, el abuelo Manuel —que caminaba apoyado en un bordón— se sentó con dificultad en un escaño al frente de su casa y dijo:

—Niños, cuando joven me asustó el Dueño del Monte.

—¿El Dueño del Monte? —repetimos todos.

—Sí. En ese tiempo, yo era un muchacho fuerte y robusto, y trabajaba con mi padre de sol a sol en diferentes faenas.

Autor costarricense

Junquillo Abajo estaba poblado de bosques con muchos animales y los caminos eran angostos, bordeados de espesa vegetación. Me casé el día que cumplí dieciocho y me fui a vivir con mi esposa María a un rancho cerca de casa de mi tata. Yo quería comprarme una yunta de bueyes y, como él tenía una finca extensa, decidí sembrar maíz y frijoles; con la venta de la cosecha, iba a realizar mi sueño. Después de esa finca había una extensión de bosque espeso e interminable.

»Me levantaba todos los días a las cuatro de la madrugada para aprovechar el tiempo y mi esposa me preparaba un gallito para llevar y un calabazo grande con agua. A las cinco de la mañana, ya estaba trabajando.

»Una madrugada de tantas, me dirigí a los sembradíos y, cuando pasaba por una quebrada, oí un alarido muy triste que venía del bosque. Sentí un escalofrío en todo mi cuerpo y, como todavía estaba muy oscuro, estuve a punto de regresar al rancho. Pero me armé de valor y comencé a trabajar. Al atardecer, cuando llegué al rancho, le conté a mi esposa sobre lo que había oído, pero ella no lo tomó en serio. «Idiay, Manuel, es algún animal que habita en el bosque», me dijo.

»Al anochecer, fui a visitar a mi tata y, en cuanto llegué, le dije: «Pa, hoy, cuando iba a trabajar, oí un alarido muy triste. Juepucha, se me escalofrió todo el cuerpo; casi me devuelvo pa'l rancho». Me contestó: «Idiay, hijo, no sea pendejo, es un mono; en el bosque abundan». Yo le expliqué: «Pa, no era un mono. Lo que oí fue un lamento muy triste».

»Mi abuelo, que escuchaba atento la conversación, se me acercó y me dijo: «Muchacho, usté oyó el llanto del Dueño del Monte». Le pregunté: «Abuelo, ¿qué es el Dueño del Monte?», a lo que él respondió: «Es un espanto que asusta a la gente que camina por sitios solitarios en la noche. Los abuelos contaban la leyenda de un muchacho que no aceptaba los consejos de sus padres. Su madre acostumbraba a reunir a la familia al anochecer para rezar el rosario y el muchacho se quedaba fuera del rancho porque no le gustaba rezar.»

»Mi abuelo hizo una pausa antes de proseguir su relato: «Un Viernes Santo, decidió ir de cacería y su madre, preocupada, le dijo: "Hijo, hoy es Viernes Santo; matar animalitos es un pecado mortal, no vaya de cacería". El muchacho desobedeció; tomó el rifle, salió del rancho y se dirigió al bosque. Su madre lo esperó bajo el umbral de la puerta durante muchos días, pero el muchacho nunca regresó; se perdió en el bosque y allí murió. Desde entonces, su alma en pena recorre bosques y potreros lanzando alaridos que espantan a la gente. En las madrugadas se escuchan sus llantos lastimeros. Los trabajadores, temerosos de encontrarse con el Dueño del Monte, inician la jornada al salir el sol».

»Las palabras de mi abuelo no me desalentaron y, al día siguiente, me levanté a las cuatro de la madrugada y me fui a trabajar. El claro de luna iluminaba el angosto caminito bordeado de hermosos árboles y espesa vegetación. Era placentero mirar el cielo azul, decorado con estrellitas. Después de pasar por la quebrada, oí un gemido prolongado y lastimero: «Ay… Ay… Ay…». De repente, vi pasar la silueta de un hombre alto y esquelético envuelto en un aura brillante con el pelo largo, blanco y enmarañado, con una larga barba blanca que le caía sobre el pecho. Lo vi adentrarse en el bosque y sentí un escalofrío que me recorrió todo el cuerpo. Entonces, corrí espantado hacia el rancho. Cuando llegué, mi esposa estaba atizando el fogón.

»Me preguntó: «¡¿Idiay Manuel, por qué está tan asustado?!» Le respondí: «María, me asustó el Dueño del Monte; el abuelo dice que es un alma en pena». Ella me tranquilizó diciendo: «Manuel, venga y siéntese. Voy a darle un jarro de café bien fuerte para que se reanime y le aconsejo que comience a trabajar hasta que salga el sol, porque los espantos son dueños de la oscuridad».

»Después del susto que me dio el Dueño del Monte, dejé de madrugar y empezaba a trabajar al salir el sol. La cosecha fue buena, vendí el maíz y los frijoles y compré una hermosa yunta de bueyes blancos y una carreta nueva. Los domingos enyugaba los bueyes y llevaba a la familia a pasear al centro.

Con el paso del tiempo, los niños dejaron de escuchar las leyendas que contaba el abuelo Manuel y se apegaron a la televisión. El progreso llegó al pueblo y la costumbre de contar leyendas, poco a poco, quedó en el olvido.

La Santa

En una mañana soleada de invierno, el sepulturero salió de su casa, ubicada en el centro, y caminó apresurado rumbo al cementerio de arriba, donde los blancos mausoleos sobresalían entre las demás tumbas. Se llamaba Fulgencio y era un hombre delgado de sesenta años, cabello entrecano, ojillos negros, cara arrugada y nariz picuda. Llegó al cementerio y comenzó a trabajar con mucho ahínco. En eso, vio un líquido rojo que salía de una pequeña grieta que había en una bóveda, deslizándose por la losa. Exclamó:

—¡Dios mío, es sangre! —vio una placa de mármol con la fecha del deceso de la persona que habían enterrado en la tumba y susurró: —La mujer que está enterrada aquí murió hace muchos años. Entonces, ¿por qué está saliendo sangre?

Un sudor frío perló su arrugada frente; estaba asustadísimo. Salió apresurado del cementerio y se dirigió a la casa cural; quería contarle al sacerdote lo que estaba sucediendo. Era sábado y la calle al frente del viejo mercado estaba abarrotada de gente. Los boyeros llegaban a vender tamugas de dulce, frijoles, maíz, verduras, gallinas amarradas de los parales de las carretas y, a grandes voces, ofrecían sus productos. Fulgencio caminó apresurado, sorteando a la gente. Al poco rato, llegó a la casa cural. Tocó la puerta y el sacristán, llamado Modesto —un joven bajito y regordete en sus veinte— le abrió. El sepulturero entró diciendo:

—¡Padrecito, padrecito!

El sacerdote, llamado Rafael, se sorprendió al verlo pálido y sudoroso.

—Idiay, hombre de Dios, ¿qué le sucede?
—Padrecito, ¡está saliendo sangre de una tumba!
—Juepucha, no puede ser, ¿en cuál cementerio?

—En el de arriba, padrecito.

El sacerdote era un cincuentón alto y delgado que solía peinar hacia arriba su lacio pelo entrecano. Agarró una botella de agua bendita que había en una estantería y acompañó al sepulturero. En cuanto llegaron al cementerio, se dirigieron a la tumba. La cara del sacerdote mostró un gesto de asombro cuando vio un grueso hilo de sangre deslizarse por la loza.

—Fulgencio, abra la tumba.

El sepulturero buscó cincel y martillo. Quitó la tapa de cemento, sacó el ataúd y lo abrió.

—¡Avemaría Purísima! —exclamó el sacerdote. —El cuerpo de esta mujer está intacto. Su cabello luce brillante y sedoso; su rostro, angelical. El vestido está desteñido y el ataúd tiene comején, pero ella parece estar dormida.

—Es un milagro, padrecito; esa mujer murió hace cinco años.

—Fulgencio, selle la tumba y no le cuente a nadie sobre esto. Mañana temprano voy a la capital; debo contarle lo acontecido al obispo. Él me aconsejará lo que debo hacer.

—Sí, señor —dijo el sepulturero— y selló la tumba.

El sacerdote la roció con agua bendita, sacó un rosario de uno de los bolsillos de su sotana y ambos se arrodillaron a rezar. Al rato se incorporaron y el sepulturero preguntó:

—Padrecito ¿a quién enterraron en esta tumba?

—A una señora gentil, bondadosa y religiosa que tenía el don de ayudar al prójimo. Murió en la plenitud de su vida.

El sepulturero era un hombre austero, honesto y religioso que supo guardar el secreto y no le contó a nadie sobre lo que estaba sucediendo. No obstante, la gente que visitaba el camposanto notó que salía sangre de la tumba.

Entonces, corrió el rumor y el cementerio era visitado por numerosas personas que, al ver la sangre en la tumba, aseguraban que estaba ocurriendo un milagro.

Un lunes al atardecer, el sacerdote llegó al cementerio en busca del sepulturero; lo acompañaba el sacristán.

—Padrecito, ¿qué vamos a hacer? —preguntó Fulgencio.

—Señores, caven una fosa honda. Después, sacan el cuerpo de la mujer de la bóveda y lo sepultan. Lo que vamos a hacer debe mantenerse en secreto; nadie debe darse cuenta.

—Padrecito, en el pueblo ya saben lo que ha sucedido y la gente dice que es un milagro.

—Idiay, Fulgencio, ¿usté fue con el chisme?

—No, señor.

—Cuidado, hombre de Dios. Usté sabe que el chisme es un grave pecado.

—Padrecito, la gente que viene al cementerio vio la sangre y dicen que la mujer enterrada en esa tumba es una santa.

—Bueno hagan lo que les ordené.

La tarde moría y una delgada llovizna comenzó a caer mientras los dos hombres cavaban una profunda fosa.

—Señores, es suficiente —dijo el sacerdote—, la fosa ya es bastante honda.

Los dos hombres sacaron el ataúd de la bóveda y lo enterraron en la fosa. El sacristán colocó una cruz de madera sobre el montículo de tierra. Después, sellaron la tumba de donde habían sacado el cuerpo. La noche, con su manto negro, cubrió lentamente las sepulturas y los tres hombres salieron del camposanto cabizbajos y pensativos.

A partir del día siguiente, la gente comenzó a visitar el cementerio, llevando en sus manos ramos de flores que ponían sobre la bóveda porque estaban agradecidos de haber recibido diferentes milagros de la Santa.

Autor costarricense

Muchas personas daban testimonio de haber sido curados del asma, la diabetes, úlceras y de muchas enfermedades. Los domingos llegaba gente de pueblitos lejanos a visitar la tumba y se arrodillaban para pedirle favores a la Santa. Sin embargo, la tumba estaba vacía, pero ellos no lo sabían y diariamente el cementerio se llenaba de gente. Con el paso del tiempo, la gente dejó de visitar la tumba.

Una tarde, Fulgencio estaba en su quehacer. En eso, percibió un olor a perfume de flores. Entonces, caminó, atraído por el aroma, y quedó fascinado al ver la tumba donde habían enterrado a la Santa cubierta de hermosos cúmulos de flores de rosado intenso. Las observó detenidamente y una inmensa tristeza invadió su corazón al recordar lo acontecido en el pasado. Salió del cementerio y al poco rato estaba tocando la puerta de la casa cural. El sacerdote lo recibió.

—Buenas tardes, padrecito.
—Buenas tardes, buen hombre, ¿qué se le ofrece?
—Mire usté, padrecito, qué flor más linda.
—Sí, claro, es muy hermosa. ¿Dónde la encontró?
—Padrecito, la tumba donde hace tiempo enterramos el cuerpo de la Santa está cubierta totalmente de flores. Ésta la corté hace rato y sus pétalos se conservan radiantes, no se ha marchitado.

El sacerdote hizo un gesto de asombro. Tomó la flor y la observó.

—Ah, caray, nunca he visto una flor como ésta. Bueno, vamos a ver la tumba.

Llegaron al camposanto y el sacerdote se sorprendió al ver la humilde tumba cubierta de hermosas flores. El cura entristeció.

—¡Dios mío —exclamó—, aquí enterramos a una santa!

—Padrecito, hace tiempo siento un desasosiego que atormenta mi corazón; creo que hemos cometido un grave error. Todos los días, me acuerdo de la mujer que sacamos de la tumba y pienso que la enterramos viva. Recuerdo que, cuando la trasladamos de la bóveda a la fosa que cavamos en la tierra, su cuerpo estaba intacto. Sin embargo, ya la habían enterrado hacía cinco años; padrecito. Ese acontecimiento atormenta mi mente, yo quiero confesarme para que Tatica Dios me perdone, porque creo que cometí un grave error.

—Hombre de Dios, no se preocupe, los dos hemos recibido órdenes superiores, la mujer que enterramos aquí realmente era una santa, yo hice lo que me indicó el obispo y usté lo que le ordené.

El tiempo siguió su curso cual río caudaloso que no se detiene ante nada mientras sus aguas corren vertiginosas hacia el mar. Así es la vida, pasajera tormentosa y apresurada. A veces, con nostalgia, recordamos a los amigos que se han ido.

Un domingo, al atardecer, visité la tumba de un amigo de juventud que recién había fallecido; estaba enterrado en el cementerio de arriba. Después, caminé por el camposanto, observando las blancas bóvedas. En eso, me llamó la atención un cúmulo de flores de rosado encendido que sobresalían sobre un montículo de zacate. Las observé detenidamente y vi que, del pistilo de las flores, brotaban gotitas de agua como lágrimas que se deslizaban sobre los pétalos cayendo en la suave yerba. De pronto, recordé lo que ocurrió en este cementerio en los años cincuenta y una tristeza inmensa invadió mi pensamiento al pensar en la mujer que habían sacado de una bóveda para enterrarla en la fría tierra.

La gente de mi pueblo la llamó La Santa.

Autor costarricense

La Santa

El viejo boyero

Don Malaquías fue un boyero que vivió en Barbacoas cuando en ese lugar había poca población y los bosques cubrían extensos territorios. Era un amable abuelo setentón de regular obesidad y blancos cabellos, con el rostro redondo y colorado.

El tosco boyero de pies descalzos amaba la Madre Tierra y protegía los bosques, los ríos y los animalitos que abundaban en el lugar. Su nieto se llamaba Álvaro, como su padre, que en paz descanse. El niño correteaba por las cercanías del rancho haciendo travesuras. Era de piel morena y tenía siete años, los ojitos muy negros, la carita redonda y la nariz respingada. Don Malaquías se sentaba bajo un árbol *llama del bosque* mirando el extenso potrero, recordando la tarde en la que su hijo Álvaro murió. Su nuera, Ángela, estaba parada al frente del rancho esperando a su esposo, que estaba trabajando en la milpa. De repente, un aguacero torrencial comenzó a caer. La mujer miraba asombrada cómo el fuerte viento inclinaba los tallos del maizal y se estremecía al escuchar los truenos y ver los rayos. Un presentimiento surcó la mente de Ángela. Entonces, entró apresurada al rancho y gritó:

—¡Don Malaquías, algo le pasó a Álvaro! ¡Vaya a ayudarlo!

El boyero salió del rancho y corrió hacia el potrero sorteando el torrencial aguacero. Vio a su hijo tendido sobre el zacate; estaba boca arriba fulminado por un rayo. El muchacho se había guarecido de la lluvia bajo un frondoso árbol de pochote y había clavado el machete en la tierra. Don Malaquías, cayendo de rodillas y con el corazón destrozado, tomó el cadáver en sus brazos, lo alzó y caminó hacia el rancho. Ángela, al ver a su esposo sin vida, se abrazó al cadáver, gritando desesperada.

Autor costarricense

—¡Dios mío, no te lo lleves! ¡Yo lo necesito!

Desde el día en que ocurrió la tragedia, los grandes ojos negros de don Malaquías se tornaron tristes y melancólicos. Se sentaba en una loma, observaba los bosques y añoraba el pasado. De repente, sentía unas manitas que se abrazaban a su grueso cuello; era su nieto que subía por su espalda.

—Abuelo, abuelo, juguemos caballito.

El boyero se incorporaba y corría por los alrededores del rancho con el niño en su ancha espalda y reían felices. El niño, poco a poco, llenó el vacío que dejó su amado hijo. Ángela era una viuda triste y solitaria. Cuando su esposo estaba vivo, sonreía, cantaba, se catrineaba e iba al centro a visitar a la familia. Sin embargo, después de que Álvaro murió, su alegría se apagó, su piel blanca perdió la lozanía y su cuerpo, que alguna vez fuera esbelto, se adelgazó y se marchitó como un lirio que arranca el vendaval, lanzándolo contra las piedras.

Tenía treinta años, pero aparentaba muchos más. No comía ni dormía. Su vida transcurría en la tristeza y la melancolía, preguntándose por qué la Muerte le había arrebatado al ser que más amaba. La ausencia de su esposo la consumió en un letargo interminable. Las risas de su hijo no lograban sacarla de su agonía. Vivía ensimismada y triste. Su cara lucía pálida y demacrada, su frente, arrugada y sus cejas, caídas. Un día, dejó de hacer los quehaceres y se sentó en un viejo escaño al frente del rancho mirando hacia el extenso maizal. La tristeza había consumido cada centímetro de su delgado cuerpo y no volvió a preocuparse por su hijo ni su suegro.

Don Malaquías enyugaba los bueyes, cargaba la carreta de sacos de maíz y frijoles y los sábados se iba para el centro a venderlos. Alvarito se le acercaba y le decía:

—Abuelo, abuelo, lléveme a conocer Puriscal.
—Ah, caray, otro día.

El niño insistió y un sábado el abuelo decidió llevarlo. Alvarito iba feliz, montado en la carreta arreando los bueyes. Ángela había esperado durante mucho tiempo estar a solas porque quería llevar a cabo algo que había planeado, lo cual deambulaba por su mente atormentándola. Quería arrancar de su pecho el inmenso dolor que la mortificaba a cada instante. Cuando vio que don Malaquías y Alvarito salieron del rancho, se paró en el umbral de la puerta y los vio alejarse por el angosto camino. Una extraña sonrisa se esbozó en sus labios y comenzó a hablar sola, en voz alta, como si hubiese perdido la razón.

—Ja, ja, ja... al fin voy a reunirme pa' siempre con mi amado esposo.

Salió del rancho, caminando apresurada hacia el río y se metió en la fuerte correntada. Las vertiginosas aguas la arrastraron, llevándola a las profundidades. Al atardecer, el boyero y su nieto llegaron al rancho. Alvarito se bajó de la carreta y corrió, llamando a su madre.

—Ma, Ma...

Pero ella no respondió. Entonces, corrió a donde estaba el boyero.

—Abuelo, Ma no está.

Don Malaquías y su nieto recorrieron los alrededores del rancho buscando a Ángela, pero no lograron encontrarla. Un presentimiento serpenteó en la mente del viejo boyero. Entonces, caminó hacia el río y, cuando llegó a la orilla, vio las huellas de unos pequeños pies en la arena. Dirigió la vista hacia la correntada y el llanto inundó sus tristes ojos al comprender que Ángela se había quitado la vida lanzándose al río.

La noche cubrió de sombras los alrededores del rancho y el niño se durmió en brazos del abuelo. Éste lo acostó sobre la estera y lo cobijó. Después, salió del rancho y se sentó sobre la suave yerba a mirar la inmensidad del cielo. Recordó a los seres amados que habían fallecido, su madre, su padre, su amada esposa, su hijo Álvaro y su nuera Ángela. Respiró profundo y sintió un gran vacío en el corazón.

Al día siguiente, el niño se acercó a su abuelo.

—Abuelo, ¿dónde está Ma?

El boyero acarició la cabeza del pequeño.

—Se fue pa'l cielo. A usté voy a llevarlo donde su tía, pa' que lo cuide.

—Abuelo, yo no quiero irme. Quiero ayudarlo a enyugar los bueyes y a sembrar maíz.

Alvarito se agarró de las piernas de su abuelo llorando y suplicándole que lo dejara quedarse. El boyero se arrodilló y lo abrazó. Inclinó la cabeza para que su nieto no se diera cuenta de que lloraba; no quería separarse del pequeño, pero no podía cuidarlo. Debía llevarlo donde su tía.

—Abuelo, yo quiero ser boyero.

—Cuando seas grande serás boyero, ahora debes irte. Yo estoy muy viejo y no puedo cuidarte. La finca es tuya; tienes que proteger el bosque, los árboles, el río. Yo le hice esa promesa a mi padre y la cumplí.

—Abuelo, ¿por qué debo cuidar el bosque?

—Porque en el bosque viven muchos animales, aves, insectos, plantas y flores de muchas especies y colores. No debes permitir que corten árboles en la orilla del río.

—Abuelo, ¿en el bosque hay ardillas?

—Sí, también hay lagartijas, mariposas y muchísimas hormigas.

—Abuelo, yo le prometo cuidar el bosque, el río y proteger los animalitos. No voy a dejar que corten los árboles.

Al otro día, el sol salió resplandeciente. Don Malaquías se levantó y vio que su nieto ya no estaba en la cama. Entonces, lo buscó en los alrededores del rancho y lo encontró acuclillado cerca del alitranco del corral, observando las zompopas. Las voraces hormigas desojaron un arbolito de naranjo y, en su trajinar, llevaban hacia sus madrigueras insectos y pequeñas florecillas por un largo y angosto trillo. Alvarito las observaba ensimismado. El abuelo se le acercó y le acarició el acolochado pelo negro.

—Vamos a enyugar los bueyes, debemos irnos.
—Abuelo, no quiero irme de aquí.
—Yo no quiero que te vayas, pero no puedo cuidarte, te prometo que iré a verte los fines de semana.

El abuelo llevó a su nieto a Santiago y lo dejó con una hermana de la finada Ángela. Después, volvió al rancho y allí se mantuvo trabajando. No se ablandaba ante nada; sembraba, recogía la cosecha y los sábados visitaba a su nieto. Alvarito, al verlo llegar, corría gritando «¡Abuelo, abuelo!» y abrazaba al viejo boyero.

Un sábado por la mañana, don Malaquías fue a visitar a su nieto y, cuando estaba jugando con el pequeño, se sintió débil. Tanto, que apenas logró mantenerse de pie. Caminó con pasos endebles hacia su carreta y se apoyó en los parales.

—Abuelo, ¿qué tiene? ¿Está enfermo?
—Creo que mi fin está por llegar —contestó el viejo boyero con voz ronca y débil.

Al oír esas palabras, el niño lo abrazó y lloró a lágrima viva mientras gritaba, llamando a uno de sus tíos. El tío de Alvarito ayudó al boyero, acostándolo en la carreta.

—Lléveme al rancho —susurró don Malaquías.

Era un atardecer de verano y un sombrío celaje cubría el firmamento detrás de las montañas. Cuando llegaron al rancho, el hombre ayudó al viejo boyero a bajarse de la carreta, sentándolo sobre la suave hierba.

Don Malaquías observó los sembradíos, el potrero y el extenso bosque donde las copas de los gigantescos árboles acariciaban las nubes.

—He tenido una vida plena y buena —susurró.

El abuelo recostó la cabeza sobre la suave yerba y se quedó dormido.

Cuentan los habitantes de Barbacoas que, en las madrugadas, escuchan los sonidos de los ejes de una carreta que recorre el angosto camino. La gente dice que es la Carreta sin Bueyes, pero algunas personas aseguran que es el alma en pena del viejo boyero, que recorre el angosto caminito montado en su carreta, arreando los bueyes.

PULIDO

Mi abuela se acercó al fogón mientras cantaba una canción. Atizó el fuego, puso un comal sobre las brasas y comenzó a palmear tortillas mientras yo la observaba. Era una anciana en sus setenta muy hacendosa, de cuerpo grueso y piel morena. Se levantaba cuando escuchaba el canto del gallo y, durante el día, se mantenía haciendo los quehaceres de la casa con mucho ahínco. Su cara estaba arrugadísima y con su largo cabello blanco se hacía una gruesa trenza. Me acerqué y la llamé, pero ella seguía cantando. Me miró e hizo una mueca con su boquita.

—Idiay, hijito, no le oigo.
—Abuela, ¿dónde aprendió eso que está cantando?
—Ay, hijito, viera qué lindo la cantaba Pulido.
—¿Quién era Pulido?
—Fue un joven muy guapo que vivió en Pozos hace muchos años. Hijito, tráigame una silla para sentarme y le cuento la historia.

Le acerqué una silla, se sentó y la escuché con atención.

—Hace mucho tiempo llegó a Pozos un joven gentil y servicial, que vino de San José con sus padres. Ellos compraron una finca para dedicarse a la agricultura. El joven se llamaba Alberto, pero, por algún motivo, la gente del pueblo lo apodó *Pulido*. Era alto y fornido; tenía veinticinco años en ese entonces. Las mujeres del pueblo lo amábamos porque era cordial y respetuoso. Se quitaba el sombrero para saludarnos y nos decía agradables piropos. Aquí los hombres eran toscos, rudos y no sabían cómo tratar a una mujer. Entonces, ellos comenzaron a criticarlo y a envidiarlo.

»Pulido era poeta y romántico. Tocaba la guitarra y cantaba lindísimo. Usaba muy corto su negro cabello lacio y tenía unos ojazos negros.

»Recuerdo que un domingo al atardecer, después de que salí de misa, se me acercó y me dijo: «Marlene, ¿quiere ser mi novia?» Yo era una muchacha muy linda y había esperado ilusionada ese momento. Pulido habló con mis padres y pidió la entrada. Ellos lo aceptaron y yo estaba feliz porque me había elegido entre muchas mujeres que lo pretendían.

»En el pueblo había un hombre llamado Amancio que quería ser mi novio, pero yo lo rechacé una y otra vez. Una tarde, esperó a Pulido en un recodo del camino y le gritó: «¡Bájese del caballo, pendejo, para darle una majada!»

»Amancio era un treintón corpulento, alto y fornido, con unos gruesos brazotes. Cerró los puños y se puso a la defensiva. Su carota cuadrada sudaba copiosamente y en sus ojillos negros había un brillo de maldad. Pulido bajó del caballo y se rehusó a pelear: «Ah, caray, yo no quiero pelear». Amancio le gritó: «Usté es un cobarde» y se le abalanzó, cercándolo a golpes. Pulido lo esquivó y le dio un fuerte derechazo en la boca. Amancio cayó de espaldas sobre la yerba y la sangre brotaba de sus labios; estaba azurumbado por el golpe que había recibido. Sacudió su cabezota, retrocedió y gritó: «¡Hijueputa, esto no se queda así, ya nos veremos de nuevo!»

»La cara de Pulido sudaba a mares. Sabía que se había metido en un grave problema. Montó el caballo y se fue al galope para la casa. Sin embargo, la pelea le creó fama de valiente y, cuando visitaba algún pueblo, los hombres lo buscaban para pelear; querían saber si era tan bueno con los puños como decía la gente. No era un joven violento, pero tenía que defenderse y nunca perdió una pelea.

»Un domingo, después de mediodía, fue a participar a unas carreras de cintas en Candelarita y cuando venía de regreso al atardecer, al pasar por Cañales, Amancio estaba esperándolo en un recodo del camino; lo acompañaban dos hombres. Quería vengarse porque Pulido lo había vencido con los puños. «¡Idiay! —le gritó. —Vamos a ver si es valiente peleando con machete».

»Los tres hombres no lo dejaron bajar del caballo; le dieron de machetazos sin tregua. Pulido se defendió y logró herir a los tres, pero recibió una estocada en el pecho que le causó la muerte. Amancio y sus dos compinches huyeron y lo dejaron desangrándose en el camino. Al anochecer, lo esperé y, al no verlo llegar, presentí que algo le había sucedido porque él era puntual; nunca me falló en las citas. A las siete de la noche llegaron a avisarme que lo habían matado. Yo lo amaba mucho y su muerte me devastó. Estuve triste y deprimida durante muchos años. Todavía lo recuerdo; el verdadero amor nunca muere.

Cuando mi abuela hizo una pausa al contarme la historia de Pulido, noté que tenía los ojos llenos de lágrimas.

—Caray, yo me había prometido no contarle a nadie este trágico pasaje de mi vida, pero quiero que usté escriba la historia de Pulido para que la gente de mi pueblo la lea.

—Idiay, abuela, si usté amó tanto a Pulido, ¿por qué después se casó con mi abuelo?

Ella me sonrió y una lagrimilla brotó de sus ojitos negros y tristes.

—Me casé muchos años después de lo ocurrido. Idiay, no me iba a quedar para vestir santos... —y, al decir esto, me dio un fuerte abrazo y agregó: —Caray, si no me hubiera casado, no tendría un nieto cariñoso y preguntón. Bueno, todavía no he terminado.

—Sí —le dije—, falta el desenlace.

—Lo enterramos en el panteón de Pozos y, a pesar de que han pasado muchos años, la tumba siempre está cubierta de flores; yo las corto en mi jardín y se las llevo. Sólo mueren los que se olvidan y Pulido siempre estará en mi pensamiento.

»Hijito, a la vera del camino que va hacia Cañales, a mano derecha, sobresale una cruz grande de madera. Está ubicada bajo la sombra de un árbol de corteza amarilla que, por algún

Autor costarricense

motivo, siempre está florido. En la base de la cruz hay un epitafio que dice: *«Aquí murió un hombre valiente, poeta y cantor»*. Hijito, cuando pase por ese lugar, quítese el sombrero y rece una oración al Creador para que el alma de Pulido goce de paz eterna.

Han pasado muchísimos años y la gente del pueblo aún recuerda a Pulido. Al anochecer, los abuelos cuentan su historia mientras la familia toma una aguadulce.

LOS BOYEROS

En los años treinta, los turnos se celebraban con mucha algarabía. Las mujeres, hombres y niños se vestían con sus mejores galas para ir a los desfiles de boyeros, mascaradas, carreras de cintas, partidos de fútbol y muchas actividades más. Detrás de la pequeña ermita, ubicada en el centro, había una casa grande con techo de tejas de barro y encalada de blanco con una puerta grande y dos ventanas pequeñas. Este local era un amplio comedor con muchas mesas y sus respectivas sillas. Al fondo, había una amplia cocina con dos fogones donde tres cocineras preparaban variedad de comidas: picadillos, sopa de gallina, chorreadas, tortillas con queso, tamales de cerdo, arroz con leche y deliciosos chicharrones.

Era domingo y la amplia soda estaba abarrotada de clientes. En una de las mesas se encontraba almorzando el presbítero don Recadero Rodríguez y, en cuanto terminó de almorzar, se incorporó, alzó los brazos y exclamó:

—¡Damas y caballeros, tengo que comunicarles algo muy importante! —los presentes hicieron silencio y el sacerdote anunció con voz fuerte y ronca: —Durante mucho tiempo he estado planeando construir una parroquia que perdure al paso del tiempo. He pensado construirla de cemento armado y ya contraté a un ingeniero y un maestro de obras.

—Padre, ¿de dónde vamos a sacar dinero para construir la parroquia que usté quiere? —preguntó un comensal.

—Señores, no se preocupen; he puesto en manos de Dios este proyecto y Dios proveerá. Necesito que todo el pueblo me apoye, ayudando en la construcción y el abastecimiento de materiales. Invito a todos los presentes a una reunión mañana a las tres de la tarde para organizarnos; espero que llegue mucha gente.

Autor costarricense

El sacerdote, a pesar de contar con escasos recursos económicos, inició la construcción. Muchas personas del centro y de pueblitos alejados llegaron a cooperar con la mano de obra; usaban carretillos, baldes y tarros. Así, chorrearon columnas y vigas, levantando las paredes. El sacerdote hacía turnos para recaudar fondos y, cuando se quedaba sin dinero, conseguía un préstamo con alguno de los ciudadanos adinerados para seguir adelante. Era un hombre que no se daba por vencido y fue apoyado por el pueblo para que la obra se volviera una realidad.

Cuando hacían un turno para recaudar fondos, la gente del centro y de pueblitos alejados llegaba a donar carretadas de leña, sacos de maíz y frijoles, cerdos, reses, gallinas y chompipes. Todas esas donaciones se subastaban y, con el dinero que obtenían, compraban materiales para la construcción. Muchas mujeres trabajaron de sol a sol y se desenvolvieron en trabajos pesados, tanto como los hombres. Un grupo de mujeres se encargó de preparar la comida para los trabajadores. También hacían actividades para recaudar fondos y ayudaban al sacerdote a organizar los turnos.

Es importante destacar la valentía de los boyeros; ellos sacaban arena y piedra de los ríos y las llevaban en sus carretas a la construcción. Cortaban árboles de los bosques y los llevaban al aserradero situado en barrio San Isidro. Allí los convertían en reglas y tablas que se utilizaban diariamente. El sacerdote encargó a tres boyeros una misión muy difícil: ir a Villa Colón a traer sacos de cemento y algunos materiales para la construcción que estaban almacenados en ese lugar. En ese tiempo, la calle después de Villa Colón era angosta, con barriales, cuestas, curvas y precipicios, pero para los boyeros no era un obstáculo; ellos lograron su objetivo, luchando contra la adversidad.

En ese tiempo, sólo había electricidad en el centro y los espantos asustaban en los oscuros y solitarios caminos. Entonces, la gente procuraba no salir por la noche. Los tres boyeros elegidos por el sacerdote eran hombres rudos, sencillos y acostumbrados a los trabajos pesados. Ramón, de treinta y cinco, era robusto, de espalda ancha y con un distintivo hoyuelo en la barbilla. Adán, de cincuenta, era alto, corpulento y fornido y tenía un carácter jovial, alegre y charlatán, además de una tupida barba canosa. Ricardo, de treinta, era bajito y forzudo con unos ojillos negros que remataban su redonda cara lampiña y solía usar un pañuelo grande de color azul amarrado al cuello. Los tres boyeros usaban sombreros de paja de ala ancha y caminaban delante de la yunta con un chuzo al hombro. Salían del centro en la madrugada y regresaban antes del anochecer para evitar encontrase con algún espanto.

Un lunes, salieron de la construcción a las cinco de la madrugada, dispuestos a cumplir con las órdenes del sacerdote. Ramón guiaba la caravana, lo seguía Ricardo y de último Adán. Llegaron a Villa Colón al mediodía, cargaron el material y, después de la una, regresaron arriando los bueyes por una angosta calle bordeada de altos paredones con muchas curvas y profundos precipicios. Tras la entrada a Tabarcia de Mora, el terreno era plano y el camino estaba bordeado de frondosos árboles y espesa vegetación. Los boyeros iban arriando los bueyes y silbando una tonada. En eso, escucharon un fuerte golpe; la rueda de la carreta de Adán se había desmontado y el cargamento quedó esparcido sobre la calle.

—¡Qué tirada! —exclamó Ramón.
—Idiay, ¿qué paso? —preguntó Ricardo.
—Se quebró el eje de la carreta de Adán.

Ricardo revisó la rueda.

—Señores, se quebró un pasador y la rueda se salió del eje. Pongámosla y recojamos el material antes de que anochezca.

Los boyeros colocaron la rueda y echaron el material en la carreta, pero habían perdido mucho tiempo. Cuando pasaban por San Antonio, la noche había cubierto de sombras la

Autor costarricense

angosta calle. De repente, un extraño resplandor iluminó el área y los boyeros vieron a una mujer esbelta con largo cabello dorado que caminaba hacia ellos.

—Es la Segua —susurró Ramón, mientras se persignaba y rezaba una oración.

La hermosa mujer se acercó a las carretas y los bueyes recularon, bramando asustados. Adán dio un paso adelante y exclamó:

—En el nombre de Dios, déjenos pasar, engendro de Satanás.

En un instante, la bellísima mujer se convirtió en un hermoso caballo blanco que relinchó y corrió al galope, perdiéndose en la oscuridad. Adán se agarró de los parales de la carreta; las piernas le temblaban y no podía mantenerse de pie. Ramón sintió que el corazón se le salía del susto. Ricardo estaba tranquilo.

—Idiay, yo no le tengo miedo a nada.

Los boyeros llegaron a la construcción, descargaron el material y Ramón estaba asustado.

—Juepucha señores, qué susto me dio la Segua. Tenemos que empezar a trabajar a las cuatro de la madrugada para regresar más temprano.

—Ah, caray, usté tiene razón —dijo Ricardo.

La madrugada del día siguiente se encomendaron a Tatica Dios y partieron hacia Villa Colón. Iban montados en la carreta cantando una canción. La voz de Ramón se escuchaba con buen tono.

—Boyero, boyero, boyero, va cantando una tonada de regreso a su rancho donde lo espera su amada. Boyero, boyero, boyero, campesino de mi pueblo que tanto quiero, que tanto quiero.

Después de mediodía llegaron a Villa Colón. Cargaron las carretas y regresaron sin problemas. De repente, comenzó a caer un pelillo de gato.

—Qué tirada, no esperaba lluvia para hoy —dijo Ramón.

Adán se quitó el sombrero y miró hacia el cielo.

—Ah, caray, el cielo está encapotado; pronto lloverá y la calle se va a poner resbalosa.

Al poco rato, la lluvia arreció y la calle se convirtió en un barreal. La carreta de Ricardo se atascó en una zanja que había hecho el agua en media calle. Ramón soltó su carreta, agarró un mecate y lo amarró al yugo de los bueyes de Ricardo, tratando de sacarlos con sus bueyes. Adán le metió el hombro a la carreta y la empujó, pero la carreta se hundió aún más.

Ricardo estaba preocupado.

—Señores, tenemos que bajar el material, sacar la carreta del barrial y volver a cargarla. Pongámonos manos a la obra o nos vamos a quedar aquí toda la tarde.

Los boyeros desocuparon la carreta y la sacaron del barreal. Después, la cargaron y la pegaron al yugo, pero perdieron mucho tiempo. Cuando pasaban por la entrada de San Rafael, la noche estaba oscurísima.

De repente, vieron una sombra misteriosa en media calle; era la silueta negruzca de un hombre alto, envuelto en una luz brillante.

—¡Por Dios santo! —exclamó Ramón. —¿Qué es ese espantajo tan feo?

—Es el Padre sin Cabeza —susurró Ricardo. Adán estaba asustadísimo.

—Compañeros, los bueyes están reculando, recemos una oración para ahuyentar ese horrible espanto.

Autor costarricense

Los boyeros

Los boyeros se arrodillaron y rezaron un padrenuestro. La aparición se fue esfumando lentamente hasta desparecer.

—Ah, caray, ¡qué espanto más feo! —exclamó Ramón.

—Idiay, yo creo que era el pisuicas —dijo Adán. Ricardo se mantenía tranquilo.

—Señores, vamos a seguir rezando una oración antes de empezar a trabajar para que Tatica Dios nos proteja.

Después de lo sucedido, llegaron al templo en construcción, bajaron el material de las carretas y regresaron a sus hogares, satisfechos de haber cumplido con lo que les había encomendado el sacerdote. A estos valientes boyeros no los doblegaron los malos caminos ni los espantos; ellos cumplieron con su misión. Durante mucho tiempo las mujeres y los hombres trabajaron de sol a sol y, en los años cincuenta, la obra quedó terminada.

Muchísimos años han pasado y ahora, cuando veo la parroquia en ruinas abandonada y derrumbándose al paso del tiempo, una tristeza inmensa inunda mi corazón y no puedo evitar el llanto. Recuerdo a las mujeres emprendedoras, al sacerdote enérgico y visionario, a los valientes boyeros y a toda la población que, con gran sacrificio, lograron construir la hermosa parroquia. Los recuerdos deambulan por mi mente, matizándola de alegrías, luchas y penas que viví antaño, cuando la parroquia sobresalía por su belleza arquitectónica y los domingos llegaba gente de pueblitos alejados a visitar el hermoso templo que se abarrotaba de feligreses que, con devoción y humildad, escuchaban la Santa Misa.

Boyero de antaño

Por un angosto caminito, bordeado de espesa vegetación y lindas flores, iba Ramiro arriando su yunta de bueyes. Llevaba la carreta cargada de leña y, cuando llegó a San Antonio, se encontró con un vecino.

—Idiay, Ramiro, a usté lo andaba buscando.
—Ah, caray, ¿necesita que le haga un flete?
—Sí, señor. Me voy a pasar de casa.
—Juepucha, tengo que hacer como tres viajes.
—Sí, señor. Las gallinas las llevo entre un saco, el chancho lo voy arriando y, como estoy recién casado, no hay que llevar chacalines.
—Idiay, vecino, deme un chancecito. Esta carretada de leña la llevo pa'l centro. En cuanto regrese, le hago el flete.
—Bueno. Aquí lo espero.

Ramiro vivía en San Antonio y usaba su yunta de bueyes para hacer fletes. Cargaba la carreta con café, tabaco, maíz, sacos de frijoles, tamugas de dulce y, cuando algún vecino se pasaba de casa, le hacía el flete. Era un hombre afable y honesto que cuidaba con esmero sus hermosos bueyes negros porque con ellos se ganaba la platita para mantener a su familia. Era un cuarentón alto y delgado de cabello entrecano con profundas entradas y, bajo su sombrero de paja de ala ancha, se veía un rostro arrugado con semblante de cansancio. Poseía una casa pequeña de piso de tierra y una parcela donde sembraba maíz, frijoles, hortalizas y legumbres. Su esposa se llamaba Josefina y tenían dos hijos; Gerardo de ocho años y Gabriel de seis. Los negros ojos de Ramiro mostraban una tristeza inmensa porque su esposa estaba postrada en una cama y no podía levantarse. Los doctores no sabían la causa de su enfermedad y Ramiro sufría mucho al verla inválida.

Autor costarricense

Una tarde se encontraba echándole de comer a los bueyes cuando llegó uno de sus hijos a decirle:

—Pa, lo busca un señor.

Ramiro fue a ver quién lo buscaba.

—¿Qué se le ofrece, señor?

—Mi nombre es don Rosario —dijo un hombre bajito y regordete de voz ronca que aparentaba estar en sus cincuentas. —Quiero que me lleve una encomienda a Mercedes Sur.

—Juepucha, es muy largo.

—Idiay, no se preocupe, yo le pago lo que me cobre.

—Ah, caray, entonces yo le hago el flete.

—Bueno, lo espero mañana a las seis en San Rafael.

Don Rosario poseía una finca con ganado de lechería. Al día siguiente, Ramiro llegó puntual a la casa de su cliente. En ese momento, don Rosario salía con una carga de hojas de plátano sobre los hombros; las echó en la carreta y dijo:

—Ramiro, venga pa' que me ayude a cargar la encomienda.

Ramiro entró a la casa y ayudó a don Rosario a cargar un bulto grande envuelto en una manta blanca. Y lo colocaron en la carreta.

—Idiay, ¿qué es este bulto tan pesado?

—Es una imagen de la Virgen de la Inmaculada Concepción tallada en mármol. En este papel le apunté la dirección; allí debe llevarla. Confío en usté porque me lo recomendaron.

—Ah, caray, no se preocupe. La virgencita va a llegar a su destino sin un solo rasguño.

—Ramiro, cuando llegue a Mercedes Sur y entregue la encomienda le pagan el flete. Vaya despacio porque la virgencita debe colocarse en una gruta y debe llegar en buen estado.

Ramiro inició el viaje arriando los bueyes despacio y pensando en la carga tan valiosa que llevaba. Una hora después, pasó por el centro; allí se encontró con un amigo.

—Idiay, Ramiro, ¿pa' dónde va tan despacio?
—Voy pa' Mercedes Sur, a llevar una encomienda, espero que no me llueva.
—Idiay, no lo creo; el cielo está despejado.

Ramiro siguió su camino y al pasar por Junquillo Abajo, comenzó a llover, entonces cubrió la virgencita con las hojas de plátano y siguió arriando los bueyes. En eso, sus ojos se llenaron de lágrimas al recordar a su esposa enferma. Juntó sus manos, vio hacia cielo y rezó una oración:

—Virgencita de la Inmaculada Concepción, ayuda a mi esposa; ella está postrada en una cama y no puede caminar. Intercede ante Dios para que recobre la salud y vuelva a ser como antes: alegre y hacendosa.

La lluvia cesó y, al atardecer, Ramiro llegó a Mercedes Sur. Los pobladores lo esperaban y lo recibieron con alegría. La Virgen de la Inmaculada Concepción fue colocada en el sitio indicado y Ramiro regresó a su casa silbando una tonada, algo que no había hecho en mucho tiempo. Al llegar, vio a su esposa esperándolo en el umbral de la puerta. Ramiro se quedó pasmado de la emoción.

—Mujer, ¿ya se restableció?
—Sí, señor. En la tarde sentí que podía caminar. Entonces me levanté y fui a la cocina a preparar la comida.
—Ramiro entró a la casa, abrazó a su esposa y llamó a sus dos hijos.
—Niños, vamos a rezar el rosario en agradecimiento a la Virgen de la Inmaculada Concepción, porque ha sanado a su madre.

Autor costarricense

Después de que su esposa recobró la salud, Ramiro fue un hombre feliz y, al anochecer, reunía a la familia a rezar el rosario.

La historia de Matildita

Doña Matildita y su esposo Juan fueron las primeras personas que vivieron en Desamparaditos hace muchos años. Ella era una anciana de cuerpo grueso y mediana estatura. Se levantaba a las cinco de la mañana, le echaba de comer a las gallinas, ordeñaba dos vacas y hacía los quehaceres de la casa.

Una tarde, doña Matildita fue a visitar a su vecina.

—Doña Mireya, doña Mireya.

Doña Mireya –una mujer alta y corpulenta en sus treintas– salió de la casa y abrió el portón.

—Idiay, Matildita, ¿cómo está?

—Muy bien. Vine a traerle un gallito de picadillo de chayote; hice una olla grande para mandar al centro. Hoy están celebrando el Día de San José. Hay turno, desfile de carretas, carreras de cintas y muchas actividades más.

—Idiay, Matildita, ¿por qué usté no fue?

—Ay, vecinita, viera que el reumatismo no me deja en paz. Es por la edad; ya cumplí noventa y cinco.

—Doña Matildita, viera que hace días quería preguntarle algo. ¿Es cierto que un león de montaña le mató un hijo?

La arrugada cara de la anciana palideció. Sus grandes ojos negros mostraron una tristeza profunda y se humedecieron.

—Vecinita, ese pasaje de mi vida me entristece. Recuerdo que yo estaba cumpliendo veinte años y Juancito era mi primer hijo.

—Matildita, ¿cómo eran los leones de montaña?

—Muy hermosos. Con el pelaje color canela, el pecho blanco, las patas enormes y la cola grande. Abundaban en nuestros densos bosques. Recuerdo que los hombres los mataban y los paseaban por el pueblo para presumir.

Autor costarricense

—Juepucha, no debieron matarlos.

—Vecinita, en esos tiempos los hombres trabajaban de sol a sol y los domingos iban de cacería para entretenerse y cazaban muchos animales.

»Recuerdo que nuestro pueblo era una villa poblada de gente humilde donde las mujeres trabajábamos en labores del campo. Yo estaba recién casada y a mi esposo Juan, que en paz descanse, se le ocurrió venirse para acá. Llegamos con dos caballos, una vaca, algunos chunches para cocinar y muchas semillas para sembrar.

»Vecinita, aquí estábamos totalmente desamparados; solo se veía una gran extensión de densos bosques. Era placentero ver los gigantescos árboles y la densa vegetación.

»Nos establecimos cerca de un río. En aquel entonces, Juan era un muchacho moreno de veinte años, alto y fuerte, con cabello negro acolochado. Era guapo y muy valiente; murió hace quince años. Cuando lo recuerdo, me siento muy triste porque ya no está conmigo. Juan trabajaba de sol a sol abriéndose paso con el hacha y el machete, talando el bosque. Así, logró limpiar un extenso terreno para hacer potreros y sembradíos. Yo nunca me achicopalé; agarraba la pala y el machete y trabajábamos juntos, preparando la tierra para sembrar. Poco a poco, fuimos progresando y, de esa forma, logramos tener una hermosa finca.

—Idiay, doña Matildita, no me ha dicho cómo fue que el león le mató a su hijito.

—Vecinita, tenga paciencia. Mi hijo Juancito tenía tres años y una mañana estaba jugando frente al rancho. En ese momento, salió del bosque un león, lo atrapó y se lo llevó. Yo estaba haciendo los quehaceres y, cuando lo oí gritar, salí y vi cómo el animal se adentraba en el bosque con el niño en sus fauces. Lo perseguí con un palo en la mano, pero el león se internó en la espesura. Entonces, corrí hacia los sembradíos donde se encontraba mi esposo y grité angustiada: «¡Juan, Juan!»

»Mi esposo corrió adonde yo estaba. «Mujer, ¿qué ha pasado?» gritó asustado. «Un león atrapó a Juancito y se lo llevó». Juan corrió hacia el rancho, tomó la carabina y entró al bosque. Regresó al anochecer, llorando. Me abrazó y dijo: «Hemos perdido a nuestro hijo». Esa noche no dormimos; estábamos devastados.

»Después de esa tragedia, yo lloraba día y noche por la ausencia de mi hijo. Quisimos recuperar el cuerpo para enterrarlo, pero creo que el animal se lo comió. Juan se volvió huraño y solitario; dejó de trabajar y todos los días, al amanecer, tomaba la carabina y se adentraba en el bosque. Regresaba al atardecer cargando sobre su espalda un león de montaña. Sentía mucho odio por esos animales y quería matarlos para vengar la muerte de nuestro hijo. Yo estaba triste, deprimida, y todas las noches soñaba con Juancito. Despertaba sudando, angustiada.

»Un amanecer, escuché bramar a dos terneros que teníamos en un corral. Abrí la puerta y vi un enorme león que los atacaba. Entonces, llamé a mi esposo que estaba desayunando. Juan tomó el arma y salió apresurado. Le disparó varias veces, pero no logró herirlo. Entonces, corrió tras el animal que se metió en el bosque. Yo agarré un machete y corrí detrás de mi esposo. Juntos lo perseguimos entre la espesa vegetación. A veces, me enredaba entre los bejucos, caía, volvía a levantarme y seguía adelante.

»De repente, vimos al león parado al pie de unos arbustos que se entrelazan formando un escondrijo. Era muy grande; abría su enorme hocico mostrando sus largos colmillos y levantaba sus zarpas delanteras rugiendo amenazante. De pronto, vi que salían dos hermosos cachorros del escondrijo. Juan disparó y el animal se desplomó, los dos cachorros corrieron, perdiéndose entre la maleza. Nos acercamos y comprobé que era una hembra que estaba amamantando. Sentí un dolor inmenso en mi corazón al darme cuenta de que habíamos dejado a sus dos cachorros huérfanos.

Autor costarricense

»Yo sabía que, sin su madre, morirían. Cuando regresamos al rancho, yo estaba muy enojada por lo sucedido. Recuerdo que fue la única vez que enfrenté y discutí con mi esposo. Le dije que, si mataba más leones, me iba a vivir con mis padres. Juan no volvió a ir de cacería, pero ya había matado muchos leones de montaña. Yo entendí que nos habíamos apropiado de su territorio. Habíamos talado los bosques donde vivían y cazábamos los animales con que se alimentaban. Por ese motivo, bajaban hasta los potreros a comerse los terneros.

»Cuando nació nuestro segundo hijo, mi esposo volvió a sonreír y, con el paso de los años, olvidamos aquella tragedia que entristeció nuestras vidas por mucho tiempo. Cuando nuestro segundo hijo cumplió dos años, nació nuestra hija y fuimos muy felices. Ahora, sólo tengo recuerdos de antaño. Ya quedan pocos leones de montaña; el hombre los exterminó. De los densos bosques de Puriscal, sólo tengo recuerdos.

Doña Matildita, recordaba con nostalgia los animales que habitaban en nuestros hermosos bosques. Era una anciana muy hacendosa, a pesar de su edad. Se preocupaba por los vecinos y se mantenía haciendo los quehaceres de la casa durante todo el día.

¿Será ése el secreto para tener una larga vida?

La Leyenda del Pollito Malo

En barrio San Isidro, antes de llegar al taller de carretas de la familia Delgado, al suroeste, había una angosta callecita que estaba bordeada a ambos lados de plantas veraneras cuyas flores, al caer, tapizaban el suelo de rosado encendido. Esa hermosa callecita conducía a Junquillo Arriba y, en ese tiempo, sólo había electricidad en el centro. Entonces, la gente se acostaba al anochecer.

Las personas que pasaban de noche por la callecita escuchaban el piar de un inofensivo pollito que los seguía y, conforme caminaba, se iba agrandando hasta convertirse en un pollo gigante. Los lugareños lo llamaban el Pollito Malo y le tenían mucho miedo. Entonces, procuraban estar antes del anochecer en la casa y, cuando alguno de sus hijos desobedecía, los padres le decían:

—Hijos, pórtense bien, porque, si no obedecen, los va a asustar el Pollito Malo.

En el mes de marzo se celebraba el día de San José y, en el centro, se reunía cantidad de gente a disfrutar de las fiestas. Alicia y Marta eran dos hermanas gemelas veinteañeras muy bonitas; esbeltas y altas, con largo cabello castaño, grandes ojos color café claro y nariz respingada. Alicia era alegre, coqueta, dulce, cariñosa y sonreía a menudo. Marta era tímida, recatada y romántica; usaba vestidos largos que rozaban el suelo al caminar y se hacía una larga trenza en el cabello.

Un domingo, Alicia quería ir al turno, pero tenía que pedirle permiso a su mamá, que era estricta como todas las madres en ese tiempo. Entonces, le dijo a Marta:

—Hermana, pídale permiso a Ma para ir al turno.
—No, yo no quiero ir.

Autor costarricense

—Marta, usted siempre aburrida. Idiay, acompáñeme, yo no quiero ir sola.

—Bueno, está bien, vamos a hablar con Ma.

Doña Clara era una señora en sus cincuentas alta y de regular obesidad que estaba atizando el fogón cuando Marta se le acercó.

—Ma, ¿nos da permiso de ir al turno?

—Muchachas callejeras; sólo en vagabundear piensan.

—Ma, usté nunca nos deja salir. Déjenos ir un ratito; ahorita regresamos.

—Bueno, vayan, pero regresen antes de las seis. Háganme caso porque, si se portan mal, las asusta el Pollito Malo.

Alicia dejó escapar una risa burlona.

—Ma, eso del Pollito Malo son cuentos de la gente.

—Hijas, háganme caso y regresen antes de que anochezca y no se les olvide encomendarse a Tatica Dios antes de salir.

Las muchachas salieron de la casa a las cuatro de la tarde. Llegaron al centro y caminaron alrededor de la plaza, coqueteando con los muchachos. Marta, que era muy precavida, estaba preocupada.

—Alicia, ya va a anochecer. Vámonos; recuerde lo que nos dijo Ma.

—Idiay, no sea melindres. Quedémonos otro ratito. Yo dejé la puerta de atrás empujada. Cuando lleguemos, Ma estará dormida y no se va a dar cuenta. Mañana le decimos que llegamos a las seis.

—Bueno, está bien —dijo Marta.

Las hermanas estaban entretenidas en las diferentes actividades que había en el turno y, cuando se dieron cuenta, ya eran las siete de la noche. Entonces, caminaron hacia la casa, apresuradas.

La noche estaba preciosa y la luna destellaba, iluminando la angosta callecita. Las muchachas caminaban agarraditas de la mano.

De repente, escucharon «Pío, pío, pío» y vieron salir de entre los arbustos a un inofensivo pollito de color amarillo. La pequeña ave corrió tras ellas. Alicia volteó la cara y vio que las seguía un enorme y horrendo pollo con el pico largo y rojo, las patas largas y las plumas negras erizadas. Entonces, corrieron despavoridas. Llegaron a la casa y empujaron la puerta de atrás. Entraron y cerraron bruscamente. Se sentaron en el piso de tierra y sentían que el corazón se les quería salir del tremendo susto. Al poco rato, se incorporaron para irse al dormitorio y escucharon «Pío, pío, pío». Era un sonido ronco y espeluznante. Marta lanzó un grito terrorífico. Doña Clara, que estaba dormida, despertó sobresaltada y se sentó al borde de la cama.

—¡Avemaría Purísima! —exclamó. —¡Qué grito tan espantoso!

Prendió una candela con manos temblorosas y caminó hacia a la cocina. Vio a las muchachas abrazadas, recostadas al fogón, llorando a lágrima viva.

—Hijas, ¿por qué están tan asustadas?
—Ma, nos asustó el Pollito Malo —balbuceó Marta.
—Idiay, eso les pasó por desobedientes.

Después del tremendo susto que les dio el Pollito Malo, las muchachas le pidieron perdón a su mamá y prometieron no volver a desobedecer.

* * *

Jorge era un niño delgado de doce años, con negro pelo ensortijado. Nunca estaba en la casa porque, desde la mañana, salía con su flecha a lanzarle piedrecillas a los perros, gallinas y cuanto animalito se cruzaba en su camino.

Autor costarricense

Tenía una puntería envidiable y los pajaritos eran presa fácil. El muchacho era desobediente e incorregible y su madre lo alcahueteaba. Un atardecer, su padre lo llamó.

—Jorge, vaya a la pulpería y me trae una caja de betún negro.

—No, yo no quiero ir —respondió el chiquillo.

—Ah, caray, hágame caso y deme esa flecha que guarda en la bolsa del pantalón. La vecina me dijo que usté le dejó al gato tuerto. Ay, Tatica Dios, ya no sé qué hacer con este muchacho tan mal portado.

La madre de Jorge era una mujer alcahueta y estaba tendiendo ropa en el patio cuando escuchó la discusión. Se acercó y acarició la cabeza de su hijo.

—Jorgito, hágale caso a su padre, vaya a la pulpería.

Después de rogarle por largo rato, el muchacho fue a hacer el mandado. Cuando regresaba, la noche había cubierto de sombras la solitaria callecita por la que caminaba lentamente. De pronto, escuchó «Pío, pío, pío». Volteó la cara y vio un pequeño pollito amarillo que caminaba tratando de alcanzarlo. Jorge sacó la flecha y afinó puntería, pero, en un instante, su entusiasmo se convirtió en horror cuando vio que el pollito se hizo enorme y piaba, haciendo un sonido ronco y espeluznante. Jorge corrió, sintiendo cómo el horrendo pollo le pisaba los talones. Llegó a la casa, empujó la puerta bruscamente y sus padres, al verle el rostro pálido y desencajado, se asustaron. El muchacho no podía pronunciar palabra. Su madre le frotó la nuca con alcohol y le dio una aguadulce bien caliente. Jorge balbuceó algunas palabras.

—Me asustó el Pollito Malo.

—Idiay, eso le pasó por ser desobediente —dijo su papá.

Jorge inclinó la cabeza y de sus grandes ojos negros brotó un llanto incesante. Abrazó a sus padres y dijo:

—Prometo que, de ahora en adelante, me voy a portar bien.

Después del tremendo susto que le dio el Pollito Malo, Jorge fue un niño obediente y bien portado. En esos tiempos, generalmente los hijos obedecían y respetaban a sus padres. Cuando algunos no hacían caso, entonces sus padres les decían:

—Hijos, pórtense bien, porque, si no obedecen, viene el Pollito Malo y los asusta.

Autor costarricense

El Espanto de Ojos Celestes

Las hermanas Acuña eran tres solteronas que tenían una hacienda en Junquillo Arriba; era un terreno plano de extensos potreros y árboles frutales donde pastaban muchas vacas. Después de la hacienda, había un extenso bosque donde nacía un río de aguas apacibles que atravesaba el camino por donde pasaban los pobladores. Entonces, ellos construyeron un puente de madera para cruzarlo, porque, en invierno, el río crecía y no permitía el paso.

Rafael era un joven jornalero en sus veinte, robusto y de mediana estatura, que vivía en las cercanías del río con su madre. Cuando terminaba la jornada diaria, llegaba al rancho y descansaba un rato. Luego iba al río a bañarse en una poza de aguas transparentes. Después de que se bañaba, se sentaba en la orilla a observar las flores y los pajarillos que jugueteaban entre la vegetación y, al atardecer, regresaba al rancho, donde su madre lo esperaba.

Una tarde, después de bañarse, caminaba por la orilla del río y, en eso, escuchó un canto celestial. Volteó la cara y vio a una mujer bellísima que lo llamaba por su nombre. Ella caminaba sobre el agua, extendiendo sus diáfanas manos. Rafael la miró a los ojos y caminó a su encuentro, dominado por un deseo intenso de abrazarla. De pronto, retrocedió, asustado, y corrió hacia el rancho. Su madre lo esperaba impaciente, porque la noche comenzaba a cubrir los bosques de sombras; salió a su encuentro.

—Idiay, hijo, ¿por qué está pálido y asustado?
—Ma, vi una mujer bellísima caminando por el río. Ella me extendía los brazos y me llamaba. Sus ojos eran azules como el cielo y su pelo largo, ondulado y dorado.
—¡Avemaría Purísima! —exclamó doña Rosa mientras se persignaba. —Es la Llorona.

—Ma, no es la Llorona; ella no lloraba ni buscaba al niño, como dice la gente. Era una mujer de rostro pálido y ovalado, como el de una virgen, que me llamaba. Yo quería ir a su encuentro, pero me detuve porque sentí mucho miedo.

—Hijo, lo que vio fue un demonio que vive en el río. Ese demonio se trasformó en una hermosa mujer para confundirlo. Le ruego que no vuelva a bañarse en esa poza, porque puede ocurrirle una fatalidad. Yo voy a encomendarlo a Tatica Dios para que la Sangre de Cristo me lo proteja, pero, le repito, no vuelva al río.

Doña Rosa —una cincuentona delgada y bajita— estaba muy preocupada por su hijo.

Rafael desobedeció y, al día siguiente, después de que salió del trabajo, se fue para el río y se sentó en la orilla. Cuando la escultural mujer apareció, evitó mirarla a los ojos, porque eran como dos perlas color cielo que lo atraían y lo hechizaban. La mujer extendió sus manos, invitándolo a entrar al agua, pero el joven recordó las palabras de su madre y retrocedió. Amaba a la extraña y misteriosa mujer —no podía sacarla de su pensamiento—, pero dentro de su mente había algo que le decía que no debía entrar al río. Entonces, se mantuvo en la orilla.

Una tarde, después de que salió del trabajo, se sentó al frente del rancho bajo un árbol de cedro. Sus grandes ojos negros mostraban una inmensa tristeza; pensaba en la misteriosa y extraña mujer que le había robado el corazón desde que la vio por primera vez. Su madre se acercó y le preguntó:

—Idiay, hijo, ¿por qué está tan triste?

—Ma, desde que vi a la hermosa mujer en el río algo extraño invadió mi pensamiento. Pienso en ella a cada instante y quisiera adentrarme en el agua a abrazarla y besarla.

Doña Rosa acarició el cabello de su hijo y le besó la cara con ternura.

—Hijo, si amas a esta pobre vieja que te trajo al mundo, no vuelvas al río. Aléjate de allí, hazme caso. Creo que estás encanijado. Ya no eres el muchacho que sonreía feliz; algo te tiene embrujado.

Las palabras de doña Rosa no lograron convencer a Rafael y un atardecer caminó decidido hacia el río, porque el amor que sentía por aquel ser –ángel o demonio– lo quemaba por dentro. Se acercó a la orilla y vio a la mujer que le extendía sus manos, llamándolo. Rafael no titubeó; se adentró en el río con la vista fija en aquellos extraños ojos que le habían robado el sueño y la abrazó con todas sus fuerzas.

De repente, la bellísima mujer se transformó en un horrible espanto. Sus hermosos ojos azules se tornaron rojos, llameantes, y su rostro se convirtió en una horrible calavera. Extendió los esqueléticos brazos y aprisionó a Rafael en un abrazo de muerte. El muchacho gritaba, intentando zafarse de las huesudas manos que lo aprisionaban, pero el espanto lo arrastró al fondo de la poza. Entonces, un silencio aterrador reinó en el río. Sólo se escuchaba el leve chasquido de las olas que golpeaban la orilla.

Doña Rosa estaba preocupada porque Rafael había desobedecido. Se sentó en una vieja silla frente al rancho, esperando que regresara. Las sombras de la noche cubrieron los extensos bosques y pensó que algo le había sucedido a su hijo. Entonces, se armó de valor y se fue a buscarlo. Caminó por la orilla del río llamándolo:

—¡Rafael, Rafael!

Pero no hubo respuesta. En eso, escuchó un alarido quejumbroso que provenía del río y abarcaba cada rincón del bosque. Doña Rosa sintió que un frío helado le entraba por la nuca y recorría todo su cuerpo. Retrocedió espantada y corrió hacia el rancho.

Autor costarricense

Entró apresurada, cerró la puerta, fue a su cuarto, se arrodilló y rezó una oración, pidiéndole a Dios que protegiera a su hijo. Se sentó al borde de la cama, se cubrió con ambas manos la cara y lloró desesperada. Las horas pasaron lentas y no pegó ojo en toda la noche, esperando la llegada de Rafael. Escuchó un gallo cantar, anunciando el nuevo día. Entonces, abrió la puerta y vio un rayito de sol que se asomaba detrás de las montañas. Salió del rancho, caminó hacia el río y, cuando llegó a la orilla, vio a Rafael tendido sobre una enorme piedra. Estaba desnudo, bocarriba, con el rostro azulado y los ojos desorbitados. El cuerpo del muchacho estaba cubierto de profundos arañazos y de las heridas manaban gruesos hilos de sangre que se deslizaban por la piedra y enturbiaban el agua de rojo pálido. Rafael tenía la boca muy abierta, mostrando una mueca terrorífica.

Doña Rosa se lanzó al agua, llegó a la enorme piedra, abrazó el cadáver de su amado hijo y lanzó un grito lastimero que estremeció los árboles del bosque. Los pájaros que estaban en las ramas revolotearon asustados y se alejaron, surcando las nubes. Doña Rosa lloraba desesperada. De pronto, escuchó un dulce canto y vio a una mujer bellísima que estaba en la poza donde Rafael acostumbraba a bañarse. La mujer extendió sus brazos, llamándola. Doña Rosa tomó el cadáver por el cuello y, haciendo un gran esfuerzo, lo sacó hasta la orilla. Lo cargó en sus fuertes brazos y caminó trastabillando hacia el rancho. Entró jadeando, lo puso sobre la cama y lloró angustiada, abrazada al cuerpo mutilado de su amado hijo.

El Chanchito de Oro

El cultivo del tabaco es muy laborioso. Primero, hay que hacer pequeños almacigales. Después, hay que cuidarlos con esmero y, cuando el agricultor considera que las matitas tienen el tamaño suficiente para trasplantarlas, las siembra en el terreno que ya tiene preparado. Luego, debe cuidarlas y esperar hasta que crezcan. Cuando las hojas de la planta adquieren un color amarillento, recogen la cosecha y el agricultor sigue con un intrincado proceso de producción. Cuando terminan de recoger la cosecha, quedan los gruesos troncos de tabaco aferrados a la tierra.

Don Maurilio era un hombre de sesenta y siete, alto y delgado, que poseía una finca en Cerbatana y había sembrado dos manzanas de tabaco en un terreno plano. Tras recoger la cosecha, encomendó a su hijo Gerardo arrancar los troncos para sembrar de nuevo. El chico tenía catorce, era robusto, de mediana estatura y su piel estaba bronceada por el sol.

—Hijo, después de arrancar los troncos, prepare la tierra para sembrar maíz. Apúrese. Yo voy a estar pendiente de usté. Bueno, a trabajar.

Don Maurilio caminó hacia el trapiche y Gerardo comenzó a trabajar, pero las raíces de algunos troncos eran muy profundas y no lograba arrancarlos. Entonces, los dejaba pendientes para sacarlos con el machete. La tarde llegó y un vientecito frío le acarició la cara sudorosa. Estaba agotado, esperando que llegara la hora de irse a descansar.

Don Maurilio era un hombre tacaño que usaba un viejo sombrero de paja roto y ennegrecido. Se amarraba un largo y sucio pañuelo azul en el cuello y diariamente usaba la misma ropa: pantalón y camisa de una tela gruesa café claro llamada *Army*, mugrienta y manchada por el uso diario.

Autor costarricense

Don Maurilio maltrataba a sus dos hijos mayores que Gerardo, obligándolos a trabajar sin descanso. Ellos, hartos de soportar los regaños de su padre, se marcharon del hogar en cuanto cumplieron la mayoría de edad. Doña Isabel, la esposa de don Maurilio, era una cincuentona nerviosa y sumisa, acostumbrada a obedecer sin musitar palabra. Su largo cabello negro y ensortijado, que ya mostraba algunas canas, parecía nunca haberse peinado. Todos los días, al atardecer, se paraba en el umbral de la puerta de la casa, mirando hacia el angosto caminito tapizado de hojas secas, esperando con ansias el regreso de sus dos hijos. La ausencia de los muchachos le robaba el sueño, pero su hijo menor llenaba el vacío que dejaron los que se habían ido.

Un sábado al mediodía, Gerardo ya había cumplido la tarea que le había encomendado su padre. Volteó la cara hacia atrás y vio que le faltaba un grueso tronco de tabaco por arrancar. Entonces, agarró el machete, escarbó alrededor del tronco hasta descubrir dos gruesas raíces, las cortó y lo jaló con fuerza, arrancándolo de la tierra.

Gerardo cayó hacia atrás y, en ese momento, notó que algo brillaba en el hueco que había hecho al sacar el tronco. Se acercó y vio con asombro un chanchito color amarillo. Lo agarró entusiasmado; era un objeto pequeño y pesado que apenas cabía en sus manos. Corrió hacia el río, se sentó en una piedra donde la corriente era pasiva y comenzó a lavarlo.

—Juepucha, es un chanchito de oro y debe de valer una fortuna —enseguida surcaron mil ideas por su mente de muchacho soñador y, mientras lo lavaba, hablaba solo: —Lo voy a vender y, con el dinero, me iré lejos de aquí; ya no tendré que trabajar como un buey —sonreía mientras mantenía el objeto en sus manos. —Voy a hacer lo mismo que mis dos hermanos: abandonar a mi tata.

Agarró el chanchito de oro, caminó hacia la casa y, antes de llegar, lo escondió bajo la camisa. Entró, se dirigió al cuarto donde dormía y lo escondió debajo de la cama. Al rato, escuchó que su madre lo llamaba.

—Hijo, venga a comer.
—Sí, señora. Ya voy.

Caminó hasta la cocina, se quitó el viejo sombrero de paja de ala ancha y lo puso sobre la mesa. Después, se sentó en un pequeño taburete y comió apresurado. Su madre le acarició la espalda y le dio un beso. Gerardo terminó de comer y salió de la casa con prisa. Se sentó en la suave yerba bajo un árbol de caoba y comenzó a hablar solo:

—Dios mío, ¿qué hago? Si me voy, mi tata me mandará a buscar. Mejor espero a ser mayor de edad. ¡Qué tirada! Ahora, ¿dónde escondo el tesoro que encontré? Es mío y si mi tata se da cuenta de que lo tengo, me lo puede quitar. Voy a enterrarlo en el bosque, después del río. En cuanto sea mayor de edad, lo desentierro y me voy lejos de aquí a vivir una vida de hombre rico.

Se incorporó y se dirigió a la casa. Entró al cuarto sin hacer ruido, sacó el chanchito de oro, cogió una pala que estaba recostada a la pared y se fue al bosque. Cruzó el río y observó la variedad de árboles y la extensa vegetación que se presentaba ante sus ojos. Seguía hablando solo:

—Voy a enterrarlo al pie de este árbol de cedro que tiene poca altura.

Agarró la pala, hizo un profundo hueco y tomó en sus manos el chanchito de oro. Lo miró detenidamente, lo acarició, lo echó en el hueco, lo cubrió de tierra y pensó: «Debo de tener paciencia y esperar con calma que los años pasen para desenterrar mi tesoro».

Autor costarricense

Le cortó al árbol un pedazo de corteza y siguió platicando consigo mismo: «Al pie de este árbol lo enterré. Cuando cumpla dieciocho años, vengo a desenterrarlo». Regresó a la casa y se encontró con su padre.

—Idiay, ¿dónde estaba? Vaya desenyugue los bueyes, llévelos al potrero y mañana se levanta a las cinco para que traiga las dos vacas y las ordeña.

—Sí, señor —respondió Gerardo y siguió cumpliendo con sus obligaciones.

El tiempo pasó y esperaba con ansias el momento de desenterrar el chanchito de oro. Gerardo estaba feliz porque pronto cumpliría dieciocho. Don Maurilio se volvió más enérgico, le gritaba y lo insultaba, pero él bajaba la cabeza y le obedecía porque sabía que pronto desenterraría su tesoro y comenzaría una nueva vida.

Un sábado, cumplió los dieciocho y su padre había salido al centro. Entonces, fue a desenterrar el chanchito de oro. Cruzó el río y se dirigió al árbol donde lo había enterrado, pero notó que la vegetación y los árboles habían crecido enormemente; la marca que había hecho en la corteza del árbol donde lo había enterrado se había borrado. Escarbó con sus manos en las raíces de los árboles, pero no encontró su tesoro, regresó a la casa, agarró una pala y volvió al bosque y comenzó a hacer huecos alrededor de los árboles, pero no encontró el chanchito de oro. Gerardo no pensó que, en cuatro años, los árboles crecen y rejuvenecen. Cansado de buscarlo, se acostó sobre las hojas secas. Se colocó ambas manos sobre la nuca y hablaba solo:

—Ah, caray, ya no recuerdo en la raíz de cuál árbol enterré mi chanchito de oro. Tengo que encontrarlo, aunque tenga que talar todo el bosque.

Cruzó el río y regresó a la casa.

—¡¿Idiay, en dónde estaba?! —preguntó su padre. Gerardo no respondió. Entró a la casa, pero don Maurilio lo siguió increpando: —Juepucha muchacho. Si cree que me va a faltar al respeto porque es mayor de edad está equivocado.

Gerardo lo ignoró. Sólo pensaba en su chanchito de oro y, como estaba muy cansado, se acostó y se durmió. Al día siguiente, después de ordeñar las vacas, se acercó a su padre:

—Pa, voy a talar el bosque al otro lado del río para sembrar maíz.

—Idiay, ¿pa' qué quiere sembrar allí? Ya tenemos muchos sembradíos.

—Pa, ahora mismo voy a comenzar a trabajar, solo quería que lo supiera.

A pesar de que era domingo, Gerardo buscó herramientas, se dirigió al bosque y comenzó a cortar árboles con el hacha. Él era fuerte y estaba obsesionado por encontrar su chanchito de oro. Lo buscaba en la raíz de cada árbol que tumbaba, pero no lograba encontrarlo. Sin embargo, estaba seguro de que lo encontraría. Cansado de tanto trabajar, cruzó el río y se dirigió a la casa. Antes de llegar, se acostó en el potrero. La tarde estaba muriendo y miró al cielo, cargado de pequeñas estrellitas. En su afán por hallar el chanchito de oro, ya se había acostumbrado a hablar solo:

—Juepucha, estoy tan cansado que me quedaría a dormir sobre el zacate.

Hizo un esfuerzo y se incorporó. Entró a la casa y fue directamente a su dormitorio. Se acostó y se quedó profundamente dormido. Su madre le preparó comida y lo llamó, pero no escuchó respuesta. Entonces, entró al cuarto y lo vio dormido. Le acarició el cabello, le dio un beso y salió sin hacer ruido. Gerardo se levantó el día siguiente con el canto del gallo, cruzó el río y trabajó de sol a sol, pero no logró encontrar su tesoro.

Autor costarricense

Después de que cortó cantidad de árboles, sólo quedaron las gruesas raíces, aferradas a la tierra. Gerardo, cansado y preocupado, se fue para la casa pensando en su chanchito de oro. Cuando llegó, su padre lo esperaba.

—Idiay, hijo, ¿por qué abandonó sus deberes? Vaya desenyugue los bueyes y los lleva al potrero.

Gerardo se acercó a su padre y lo miró fijamente durante unos segundos y le gritó.

—¡Déjeme en paz, viejo exigente! ¡Ya estoy cansado de recibir órdenes suyas!

Don Maurilio se quedó pasmado; no esperaba que su hijo menor se rebelara. Caminó hacia una carreta, se sentó en el timón, bajó la cabeza y colocó ambas manos en su arrugada cara. Una lágrima brotó de sus grandes ojos negros. Comprendió que había sido demasiado duro y exigente con su hijo menor y que pronto se marcharía como lo habían hecho sus dos hijos mayores.

Al día siguiente, Gerardo sacó con la pala las raíces de cada árbol que había cortado buscando el chanchito de oro, pero no lo encontró. Cansado y triste se arrodilló, alzó los brazos, vio hacia el cielo y exclamó:

—¡Dios mío! ¡¿Dónde está mi chanchito de oro?! —desesperado y triste, golpeó la tierra con los puños hasta quedar extenuado. —¡Juepucha! Yo lo enterré aquí, pero no puedo encontrarlo.

De sus ojos brotaron lagrimones que se deslizaron por su cara y le bajaron hasta el cuello. Respiró profundo. Luego, cruzó el río y caminó hacia la casa, hablando en voz alta:

—Mañana traigo un arado. Moveré y removeré cada tramo de tierra hasta hallar mi amado tesoro.

Al día siguiente, enyugó los bueyes, echó el arado en la carreta y, como era verano, le fue fácil cruzar el río. Pegó el arado a la yunta y, durante una semana, removió la tierra en busca de su tesoro, pero no logró hallarlo. Después de arar un extenso terreno, Gerardo se tumbó sobre la tierra que había removido.

—Juepucha, ya removí cada pedacito de tierra y no logré hallar mi chanchito de oro. Achará, yo había puesto todos mis sueños y esperanzas en mi tesoro. Qué tirada, yo no quiero seguir soportando los regaños de mi padre, mañana mismo me voy lejos, muy lejos.

Gerardo entró a la casa y se dirigió a la cocina en busca de su madre. La abrazó, la besó y le acarició el cabello. Luego, se fue a su cuarto y se tumbó en la cama, sollozando. Doña Isabel presintió que su hijo partiría del hogar y que la dejaría llorando por su ausencia.

La mañana siguiente, lo llamó para que desayunara, pero Gerardo no contestó. Entonces, ella fue al cuarto y vio que sus pertenencias no estaban. Se sentó al borde de la cama, inclinó la cabeza, se cubrió la cara con las manos y recordó a sus hijos que habían partido del hogar. Lloró angustiada. Un dolor inmenso inundó su corazón; su hijo menor se había marchado, dejándola sumida en la tristeza y la soledad.

Los días, los meses y los años pasaron lentamente. Doña Isabel se paraba en el umbral de la puerta, añorando el regreso de sus hijos. Había envejecido; su espalda se encorvó y su cabello emblanqueció, pero ella, cada atardecer, miraba hacia el angosto caminito. El viento levantaba las hojas secas y un pelillo de gato mojaba las ramas de los árboles. Ella añoraba verlos llegar. A veces, soñaba que regresaban al hogar. Salía de la casa corriendo a encontrarse con ellos, los abrazaba y los besaba, llorando de alegría.

Autor costarricense

El chanchito de oro

Despertaba angustiada y se sentaba al borde de la cama, con un vacío enorme en el corazón. Don Maurilio se hizo más exigente y amargado y, como sus hijos lo habían abandonado, descargaba toda su ira contra su esposa. Después de que Gerardo partió, no se supo de su paradero. Quizás se encuentra en algún lugar lejano, luchando por una mejor vida y pensando en su chanchito de oro.

VALIENTE

Antaño nuestros ancestros no aceptaban yernos achantados. Cuando algún muchacho pedía la entrada para visitar la casa de la joven que pretendía, su suegro lo ponía a desempeñar trabajos pesados y, si no lograba hacerlos debidamente, no le permitían visitar la casa.

Mario iba a misa de cuatro los domingos por la tarde y, cuando salía de la parroquia, se compraba un granizado en la glorieta de Chepe Ramírez. Mientras se lo comía, miraba pasar a las muchachas que caminaban alrededor de la plaza, sonrientes y coquetas, esperando que algún muchacho las acompañara. A las seis de la tarde, las muchachas regresaban a sus hogares porque sus padres no les permitían llegar tarde y Mario se iba para su casa.

Vivía en el centro y estaba enamorado de una muchacha llamada Carmencita que vivía en San Rafael. Ella era una veinteañera alta y esbelta de piel morena. Mario, alto también y con veintitrés cumplidos, buscaba la oportunidad de declararle un amor que ella correspondía, pero el padre de la muchacha era muy estricto y no le permitía tener novio.

Un domingo en la tarde, estaba esperando a Carmencita en las afueras de la parroquia, pero ella salió de misa rumbo a su casa. Llevaba puesto un vestido largo de tela gruesa color azul claro que acariciaba sus tobillos y, en su largo cabello lacio y negro, lucía una larga trenza. Al caminar, movía su esbelto cuerpo acompasadamente. Mario la llamó. Ella volteó la cara y sus grandes ojos negros brillaban de felicidad. Dijo con voz suave y pausada:

—Mario, tenía muchas ganas de verlo.
—Caray, yo también. ¿Quiere ser mi novia?
—Mario, no puedo. Pa no me deja tener novio.

Autor costarricense

—Idiay, yo voy a hablar con él para pedir la entrada.

Caminaron durante un rato y, cuando se enrumbaban hacia la entrada de San Rafael, Carmencita se despidió.

—Déjeme aquí, nos vemos el próximo domingo.
—Bueno. Le prometo que el jueves, después de que salgo del trabajo, voy a su casa.

Mario era un joven decidido y estaba dispuesto a cortejar a la mujer que amaba. Le gustaba andar bien catrineado. Caminó apresurado hacia su casa y, en cuanto llegó, llamó a su madre. Doña Ema salió a su encuentro.

—Idiay, hijo, ¿por qué está tan alterado?
—Ma, tengo novia.
—Idiay, ¿quién es la afortunada?
—Carmencita, la más bonita de Puriscal.
—Ay, hijo mío, ¿usté cree que el padre de esa muchacha lo acepte?
—Idiay, yo voy a pedirle la entrada y que Tatica Dios me acompañe.
—Ah, caray, usté se va a meter en un problema
—¿Por qué, Ma?
—Porque ese señor es un amargado y no acepta que su hija tenga novio.
—Ma, Carmencita me quiere. Yo voy a luchar para ganarme la confianza de su papá.
—Hijo mío, usté es un muchacho valiente; así eran sus ancestros. Su tatarabuelo dirigió un grupo de trabajadores que hicieron la primera calle transitable desde Pacaca a nuestro pueblo y su papá fue un hombre honesto y trabajador.

Doña Ema, delgada y de mediana estatura, ya rondaba los sesenta. Tras la muerte de su esposo, le tocó trabajar de empleada doméstica para salir adelante con su hijo, pero, cuando Mario cumplió quince, comenzó a trabajar de peón jornalero y no permitió que ella siguiera trabajando.

Al atardecer del jueves siguiente, después de bañarse y catrinearse, Mario fue a hablar con el padre de Carmencita. Doña Ema le dio la bendición y lo abrazó.

—Hijo, regrese antes de que anochezca y que Dios me lo acompañe.

Mario salió de la casa, cruzó la plaza de deportes y, al pasar frente a la parroquia, se persignó y rezó una oración. Después, caminó hacia San Rafael y, quince minutos más tarde, se encontró con un señor y le preguntó:

—Señor, ¿me puede decir dónde vive la familia Otárola?
—A la vueltecita.

Mario siguió caminando. Llegó a una casa grande de madera encalada de blanco con un portoncito de madera y dijo:

—¡*Upeee, upeee!*

Una señora en sus cuarentas alta y con el cuerpo grueso abrió la puerta.

—¿Qué se le ofrece, muchacho?
—Buenas tardes, señora. ¿Aquí vive la familia Otárola?
—Sí, mi nombre es doña Julia. ¿A quién busca?
—A su esposo.
—Mi esposo está en el cañal cortando caña.
—Pues, verá usté, yo vengo a hablar con él porque quiero pedir la entrada para seguir visitando a Carmencita.

Doña Julia sonrió.

—Sí, mi hija me habló de usté. Está muy contenta.
—Ah, caray, ¿le habló de mí?
—Claro que sí. Ella me dijo que usté es un buen muchacho. Pase adelante y cruce el potrero; más allá se ven los cañales. Allí está mi esposo trabajando.

Carmencita, dentro de la casa, estaba emocionada. Apenas podía creerlo; Mario había cumplido su promesa.

El muchacho cruzó el potrero y llegó a un extenso sembradío de caña dulce donde el papá de Carmencita estaba trabajando. Mario lo llamó. El hombre se incorporó. Era un cincuentón alto y robusto, con la piel quemada por el sol y abundante pelo entrecano. Su rostro anguloso, de semblante amargado, lucía una tupida barba canosa y un grueso mostacho, largo y desordenado. Sus grandes ojos negros de mirada férrea observaron detenidamente a Mario. Con voz fuerte y ronca exclamó:

—Idiay, ¿quién es usté y qué se le ofrece?

—Mi nombre es Mario y vine a pedir la entrada porque quiero a Carmencita.

—¡Muchacho baboso, qué ocurrencias las suyas! ¡El hombre que quiera cortejar a mi hija tiene que ser valiente y trabajador!

—Señor, yo siempre he trabajado de jornalero, soy honrado y espero que usted me permita visitar su casa.

—Idiay, demuéstreme que puede hacerse cargo de una obligación. Aquí tengo una esquiva de caña cortada; sáquela hasta el potrero. Si quiere cortejar a mi hija, tiene que ser buen trabajador; yo no quiero vagos en mi familia.

Mario caminó decidido a donde estaba la enorme esquiva de caña.

—Ah, caray, yo por Carmencita trabajo de sol a sol en lo que sea.

Y no lo pensó dos veces, se echó al hombro la primera carga y, cuando las sombras de la noche comenzaron a cubrir los bosques, ya había sacado cantidad de caña. Tenía los hombros en carne viva y los pelos de caña le producían picazón en todo el cuerpo. Se quitó la camisa y se limpió el sudor de la frente. El hombre se le acercó.

—Caray, muchacho, usté es valiente porque este trabajo es muy duro.

Y le estrechó la mano y se presentó.

—Mi nombre es don Amancio, pa' servirle, pero no crea que me ha convencido. Lo espero el sábado a las seis de la mañana, pa' ir a tapar frijoles.

Mario se despidió de don Amancio y fue a la casa. Carmencita, que lo esperaba bajo el umbral de la puerta trasera, salió a recibirlo.

—Idiay, ¿cómo le fue? —susurró.

—Caray, su papá es muy rejego, pero yo le voy a demostrar que merezco el amor de su hija.

—Mario sus palabras me hacen muy feliz —susurró Carmencita.

Mario se despidió de Carmencita y caminó hacia el centro. Estaba adolorido, pero satisfecho de haberle demostrado a su suegro que no era un perezoso. Su cara mostraba un semblante alegre y una pequeña sonrisa brotó de sus labios. Caminaba a paso ligero hablando solo.

—Ah, caray, el padre de Carmencita es muy valiente, pero yo no voy a achicopalarme. Le tengo que demostrar que soy buen trabajador.

La noche llegó y la hermosa luna resplandecía sobre el manto azul del cielo. A ambos lados del camino se erguían frondosos árboles, cuyas ramas se balanceaban reflejando su sombra sobre el camino. Mario caminaba apresurado. De pronto, un cuyeo saltó sobre el camino y, conforme caminaba, el ave nocturna daba saltitos y entonaba su extraño canto. A lo lejos, vio dos pequeñas luces rojas que sobresalían en el oscuro camino; pensó que era un carbunco. De repente, un enorme perro negro se le acercó y caminó a su lado. Mario sintió un escalofrío que le entró por la nuca y recorrió su largo cuerpo. Las piernas le temblaban y apenas podía caminar; estaba espantado.

Autor costarricense

El enorme perro lo acompañó durante el trayecto y, antes de llegar al centro, desapareció. Mario llegó a la casa pálido y agitado. Doña Ema lo esperaba impaciente.

—Idiay, hijo, ¿qué le pasó? ¿Por qué está tan asustado?

—Ma, en un recodo del camino me salió un enorme perro negro. Viera qué animal más feo; sus ojos relumbraban como candelillas y su pelaje erizado brillaba en la oscuridad.

—Juepucha, es el Cadejo. Hijo, ya ve lo que le pasa por andar cortejando a Carmencita. Olvídese de ella, su padre no lo va a aceptar, busque otra novia.

—Ma, yo quiero a Carmencita y espero proponerle matrimonio, pero me preocupa el Cadejo. Ay, Tatica Dios y yo tengo que seguir pasando por ese oscuro camino. Ah, caray, sólo eso me faltaba. Ma, ¿qué es el Cadejo?

—Es un espanto horroroso. Venga, siéntese. Voy a hacerle una aguadulce bien caliente y le cuento la historia.

Tras servirle aguadulce a su hijo, doña Ema comenzó a contarle la historia:

—Cuentan los abuelos que, en una familia honorable y religiosa, había un hijo desobediente, parrandero, borracho y holgazán que hacía sufrir mucho a sus padres. Un día, su padre lo llevó a la finca a tapar frijoles y lo dejó trabajando por la mañana. Al mediodía, fue a verlo y lo encontró de cuclillas con la cabeza hundida en las hojas secas; estaba bien dormido. El padre, indignado, le echó una maldición: «Hijo, siempre fuiste desobediente y nunca aceptaste los sabios consejos de tus padres. Por ese motivo, te maldigo y, de ahora en adelante, andarás en cuatro patas hasta el fin de los siglos». Desde ese momento, el muchacho se convirtió en un enorme perro negro que por las noches deambula por los caminos desolados, acompañando a los borrachos y trasnochadores.

—Ma, ¿por qué el padre maldijo a su hijo?

—Porque ya estaba cansado de soportar su mal comportamiento. Los hijos deben ser sumisos y obedientes. Usté siga mi consejo; olvídese de Carmencita.

—Ma, ni mi suegro ni el Cadejo me van a impedir casarme con ella.

—Hijo, dicen que el Cadejo acompaña a los caminantes nocturnos. Cuando lo vea, no le tenga miedo ni trate de espantarlo, porque se enfurece y lanza fuego por los ojos. A quien debe tenerle miedo es a su suegro, porque es un hombre que tiene fama de ser cruel y violento. Ah, caray, menudo problema en el que se ha metido.

El sábado siguiente por la mañanita, Mario se encontraba tapando frijoles con don Amancio. Trabajó de sol a sol y demostró que era un muchacho muy valiente. Además de ganarse el amor de Carmencita, se ganó la confianza y el respeto de su suegro, un hombre que nunca había aceptado novio para su hija. Mario le demostró que era un muchacho trabajador.

Don Amancio le permitió visitar su casa los sábados y domingos de seis a siete de la noche y, cuando Mario regresaba, el Cadejo lo esperaba en un recodo del desolado camino y lo acompañaba hasta las cercanías del centro. Entonces, Mario se encariñó con el terrible espanto y le hacía falta verlo. Después de seis meses de visitar la casa de Carmencita, un día se acercó a don Amancio y le dijo:

—Suegro, ¿me da permiso de casarme con su hija?

—Idiay, ya era hora —dijo don Amancio y abrazó a su yerno. —Estoy contento porque mi hija se va a casar con un hombre honrado y trabajador.

Después de hablar con su suegro, Mario llegó a la casa y le dijo a su madre:

—Ma, ¿me da permiso de casarme con Carmencita?

—Hijito, yo quiero que sea feliz, pero me preocupa mucho su suegro.

Autor costarricense

—Ma, no se preocupe, don Amancio me quiere como si fuera su hijo.

Doña Ema abrazó a Mario, emocionada.

—Hijo, yo sabía que se ganaría la amistad del padre de Carmencita, porque usté es un muchacho responsable.

Mario se casó con Carmencita y fueron muy felices. Él tenía actitud de triunfador; nunca rehusó al trabajo.

El llanto de la Llorona

Doña Carmen y don Rafael vivían en Candelarita con su hijo Esteban en una casa pequeña cerca de un río de aguas apacibles, bordeado de hermosos árboles cuyas ramas se inclinaban, besando la corriente.

Esteban era un muchacho de catorce años. Al amanecer, se adentraba en el bosque y observaba las flores, los árboles, los animales y, después de corretear por las cercanías de la casa, se iba para el río y se bañaba en una poza de aguas transparentes. Luego, se sentaba en la orilla a observar cómo la correntada golpeaba las piedras y se precipitaba allende al mar.

Una noche, llovía muy fuerte. Despertó y escuchó una mujer que llamaba a su hijo.

—Mi hijo, mi hijo, ¿dónde está mi hijo?

Esteban se levantó, fue al cuarto de sus padres y tocó la puerta.

—Ma, Ma, la Llorona está en el río.

—No, hijo. Es el viento que gime al chocar con las ramas de los árboles.

—Ma, es la Llorona, escúchela; está llamando a su hijo. Yo quiero ir a verla.

—Muchacho atarantado, no diga esas cosas. Vaya acuéstese o llamo a su padre pa' que lo mande a la cama.

—Ma, por favor, acompáñeme al río.

—Idiay, ¿pa' qué quiere ver a la Llorona?

—Ma, quiero verla caminando sobre el agua.

—Esteban, hágame caso. Vaya a dormir.

Esteban regresó a su cuarto y se acostó, pero no logró dormir porque el llanto que provenía del río lo desvelaba.

Autor costarricense

Al día siguiente, se levantó azurumbado. Caminó hacia el río y se sentó en la orilla. Observó la correntada mientras pensaba en el llanto que escuchó en la madrugada. Se incorporó, fue a la casa donde su madre estaba atizando el fogón y le preguntó:

—Ma, ¿por qué la Llorona busca a su hijo?

Doña Carmen acarició la cabeza de su hijo y respondió:

—Mi abuelo me contó la historia de una joven que, en un momento de locura, lanzó a su hijo recién nacido al río. Después, se arrepintió del gran error que cometió y se lanzó al agua a rescatarlo y se ahogó. Desde entonces, su alma en pena recorre los ríos buscando al bebé. Hijo, la Llorona es un espanto, un alma en pena condenada a vagar por los ríos para redimir su pecado. Le ruego que no piense en ella. No intente verla; a los espantos hay que respetarlos.

—Ma, cuando escuché el llanto de la Llorona sentí muchas ganas de verla.

—Hijo, qué ocurrencias las suyas.

Doña Carmen cerró los ojos, se puso ambas manos en la cara, bajó la cabeza y rezó una oración:

—Ay, Tatica Dios, ampara a mi muchacho. Que la Sangre de Cristo me lo proteja —le dio un beso y lo abrazó. —Esteban, entiéndame, pensar en la Llorona no es bueno.

—Ma, acompáñeme al río esta madrugada.

—No. De sólo pensarlo me dan escalofríos. Hijo, no quiero que hable más de la Llorona.

Doña Carmen estaba muy preocupada por su hijo. Entonces, decidió hablar con su esposo Rafael, quien se dedicaba a sembrar maíz y frijoles, cuando llegó a casa al atardecer. Éste fue a la parte de atrás donde había una pila, tomó un recipiente con agua, se lavó la cara y se acomodó algunas guedejas de pelo negro y acolochado que le caían en la frente.

Después, tomó el machete y comenzó a afilarlo en el molejón. Doña Carmen se le acercó.

—Rafael, tengo que hablarle.
—Idiay, ¿qué quiere decirme?
—Debe hablar con Esteban
—Ah, caray, ¿qué travesura hizo?
—Ninguna; es algo más grave.
—Idiay, cuénteme.
—Pues se le ha ocurrido que quiere ver a la Llorona y estoy muy preocupada. Usté sabe que con los espantos no se juega.
—Idiay, no le haga caso. Esteban es fogoso y atarantado.
—Rafael, lléveselo a trabajar para que esté ocupado y no piense en la Llorona.
—Mujer, deje al muchacho en paz.

Rafael nunca reprendía a su hijo; lo dejaba corretear por el bosque y hacer travesuras. Era un hombre afable y bonachón de ojos grandes, muy negros, y barbilla partida. No tomó en serio las palabras de su esposa y siguió afilando el machete.

La siguiente noche, la lluvia caía a raudales y Esteban dormía profundamente. Despertó en la madrugada porque escuchó un llanto triste y lastimero. Se levantó, caminó hacia el río y, cuando llegó a la orilla, vio la silueta de una mujer esbelta con el cabello rubio, largo y alborotado que caminaba sobre las aguas. La luna llena reflejaba su figura, envuelta en una luz resplandeciente. Esteban se le acercó. El espanto extendió sus esqueléticas manos y volteó el rostro cadavérico gritando:

—¡Mi hijo, mi hijo! ¡¿Dónde está mi hijo?!

Esteban, al ver el rostro de la Llorona, cayó desmayado de terror. Rafael despertó cuando oyó el canto del gallo, se levantó y se dirigió al cuarto de su hijo. Lo llamó porque quería que le ayudara a sembrar maíz, pero el muchacho no respondió. Entonces, empujó la puerta y vio que no estaba en el dormitorio.

Autor costarricense **151**

Salió de la casa, lo buscó por los alrededores y lo encontró dormido en la orilla del río con el rostro desencajado, pálido como un cadáver. Lo tomó en sus fuertes brazos y corrió a la casa. Entró al cuarto y lo acostó en la cama. Doña Carmen, que ya se había levantado, abrazó a su hijo, le frotó la nuca con alcohol y lo arropó. Esteban temblaba de frío.

—Idiay, hijito, ¿qué le pasó?

Esteban abrió los ojos y en su mirada había un brillo de terror intenso. Entonces, doña Carmen comprendió que su hijo había visto a la Llorona.

Después de que Esteban vio a la Llorona enmudeció; no volvió a pronunciar palabra. Una tristeza inmensa invadió su vida. Dejó de corretear por el bosque y no volvió a subirse a los árboles. Al amanecer, caminaba cabizbajo, se sentaba en la orilla del río y fijaba la mirada en las apacibles aguas.

Al atardecer, regresaba a la casa caminando lentamente, con la mirada perdida en el vacío, entraba a su cuarto y recostaba la cabeza sobre la almohada. Allí permanecía, mirando hacia el techo. Doña Carmen lloraba a lágrima viva, al ver a su amado hijo enfermo. Entonces, decidieron llevarlo al centro para que lo viera un médico. El galeno examinó a Esteban minuciosamente y comprobó que estaba sano físicamente. Diagnosticó que, por el tremendo susto que se llevó al ver el espanto de la Llorona, sufrió un ataque de pánico y su cerebro se dañó. Esteban no volvió a pronunciar palabra y su vida transcurrió en la inconciencia. Enmudeció y su mente se apagó. Sus movimientos eran lentos y torpes. Su madre tenía que darle los alimentos, arroparlo y acostarlo.

Como dijo doña Carmen: es mejor no molestar a los espantos, porque nos puede costar muy caro. Esteban, después de que vio a la Llorona, dejó de ser un muchacho fogoso y juguetón. Pasó el resto de su vida ensimismado en el vacío y la soledad.

LA FATALIDAD

Hace muchísimos años, el territorio donde ahora se encuentra el pueblo de San Juan estaba poblado de espesos bosques. El río era ancho, caudaloso y, en invierno, era imposible cruzarlo. Sus orillas estaban bordeadas de hermosos árboles, espesa vegetación y muchas plantas con flores de diferentes especies y colores que se alzaban y se extendían a su antojo, sin temor de que el ser humano las destruyera. En una explanada ubicada en las cercanías del río había un rancho grande bordeado de espesos bosques y un extenso maizal, cuyas plantas estaban cargadas de hermosos elotes.

Don Pedro y su esposa María habían partido del centro muchos años atrás con el fin de establecerse en el lugar y dedicarse a criar ganado y sembrar maíz. Gustavo nació en ese hermoso lugar y creció libre como el viento, correteando por los alrededores del rancho, descubriendo cosas y explorando los dominios de sus padres. Se bañaba en las cristalinas aguas del río y, al atardecer, se sentaba en una loma a escuchar el canto de los pajarillos. Allí se convirtió en un veinteañero alto y robusto, con la piel bronceada por el sol.

La familia disfrutaba de las bondades de la naturaleza porque la madre tierra producía en abundancia y ellos sembraban los alimentos que consumían. Pero la fatalidad había llegado a sus vidas un mes atrás, cuando doña María se encontraba lavando ropa en el río y fue sorprendida por una cabeza de agua.

Don Pedro y su hijo se quedaron solos, llorando por su ausencia.

Al llegar el invierno, el ancho y caudaloso río enfurecía, arrasando con los obstáculos que se interponían en su camino, y no permitía el paso para ir al centro. Entonces, don Pedro y su hijo quedaban aislados, porque no había forma de cruzarlo.

Autor costarricense

La fatalidad

Don Pedro era un sesentón alto y delgado, de piel morena y cabello cano. Un atardecer, caminaba por el potrero bajo la lluvia y, cuando llegó a una pequeña loma donde había una cruz grande de madera que se levantaba sobre un montículo de tierra, se arrodilló y puso un ramo de flores que llevaba en sus manos al pie de la cruz. De sus grandes ojos negros brotaron lagrimones que se deslizaron por su arrugada cara. De repente, un trueno bramó en el cielo y un rayo descargó su furia contra los bosques. Don Pedro se irguió y caminó hacia el rancho donde su hijo lo esperaba impaciente.

—Pa, qué tirada, el río está muy crecido y yo necesito ir al centro.

—Idiay, hijo, no sea atarantado. Tenga paciencia, espere que pase el temporal.

—Pa, yo no quiero vivir aquí; quiero irme pa'l centro.

—Hijo, usté tiene que encargarse de la finca. Yo estoy muy viejo y no puedo hacerlo.

—Pa, no me gusta vivir en este lugar.

—Idiay, hijo, siempre ha vivido aquí; éste es nuestro hogar. Su madre y yo trabajamos durante muchos años para lograr lo que tenemos. Cuando llegamos aquí, todo este lugar estaba poblado de bosques y espesa vegetación. Su madre trabajó conmigo de sol a sol, pensando en que todo el esfuerzo que hacíamos era para que, a su debido tiempo, le heredaríamos la finca a usted.

—Pa, hace quince días que no veo a Alicia y me hace mucha falta.

—Lo sé, hijo. Yo fui joven y pasé por esa situación, pero no hay manera de cruzar el río. Debe esperar a que pase el temporal.

—Pa, puedo cruzarlo nadando.

—No. Qué ocurrencias.

—Pa, yo lo he cruzado con mi caballo otras veces.

—Es cierto, pero este invierno ha sido largo y el caudal ha aumentado mucho con las lluvias. Tenga paciencia, el clima va a cambiar y el río se va a apaciguar.

El dilema de Gustavo empezó un sábado en que fue al centro con sus padres a visitar la familia. Allí conoció a Alicia, una veinteañera alta y esbelta de piel canela y cabello negro. Desde ese día, Gustavo se enamoró de aquella joven de ojazos negros y nariz respingada. Ella le correspondió y Gustavo, ni lerdo ni perezoso, habló con sus padres y pidió la entrada. El padre de Alicia le permitió visitarla los fines de semana, pero, cuando llegaba el invierno, el río era un obstáculo que no le permitía ir a verla.

Gustavo se sentaba sobre la yerba, recordando cómo se habían conocido y, en un instante, con tan solo mirarse a los ojos, se habían enamorado. Recordó cómo había tratado de convencerla para que se casaran y se fuera a vivir a San Juan, pero ella se negaba, porque no quería vivir alejada de su familia. Gustavo había decidido irse a vivir al centro, casarse y ser feliz con su amada, pero no podía realizar su sueño porque había llovido durante quince días y el río había crecido enormemente. Estaba impaciente, enamorado y triste. Ansiaba abrazar y acariciar a Alicia, pero el río no se lo permitía; esa situación lo atormentaba. Entonces, caminaba por la orilla, observando la correntada y blasfemando. Se sentía atrapado en aquel solitario lugar.

Un sábado, Gustavo despertó con el canto del gallo y, desde el umbral de la puerta del rancho, observó la lluvia que caía incesante. El viento gemía, escondido entre las ramas de los árboles, y el río bramaba como toro embravecido. Caminó hacia el río y sintió cómo el frío le helaba el rostro. Se sentó en la orilla, oprimiéndose la cabeza entre las manos. Sus ojos mostraban una tristeza profunda.

Autor costarricense

La fatalidad

Vio la correntada que, con furia incontrolable, arrastraba cuanto obstáculo se interponía en su camino y regresó cabizbajo al rancho donde su padre estaba chorreando café.

—Pa, ese maldito río no se va a apaciguar y yo tengo que ir al centro. Extraño mucho a mi novia, ¿qué hago?

—Idiay, vamos a rezar el rosario pa' que el río se calme.

—Pa, usté sólo en rezar piensa.

—Ay, Tatica Dios, dame paciencia.

Gustavo estaba indispuesto, un desasosiego incontrolable e incesante atormentaba su mente.

—Pa, voy a casarme con Alicia y no quiero traerla a vivir aquí; este lugar es solitario y triste.

—Hijo, qué ocurrencias las suyas. Este lugar es hermosísimo, rodeado de bosques y flores que llenan de colorido los alrededores y, en verano, el río es apacible.

—Pa, desde el día que la correntada arrastró a mi madre, odio ese maldito río y todo este lugar.

—Hijo, lo que le pasó a su madre fue una fatalidad. Ella estaba entretenida lavando ropa y no vio venir la correntada.

—Pa, nada va a detenerme. En cuanto el río baje el cauce, me marcho de aquí. Me casaré con Alicia y no voy a volver a este horrible lugar.

Esa noche Gustavo no pegó ojo, pensando en el problema que le atormentaba. Se mantuvo sentado al borde de la cama, pensando en Alicia y escuchando los estrepitosos rugidos del río. Al amanecer, escuchó el canto del gallo. Entonces, salió apresurado del rancho y caminó hacia el potrero, en busca de su hermoso caballo blanco. Lo amarró y lo llevó a una troja donde tenía las albardas y las monturas. Lo ensilló, lo montó y lo espoleó. El brioso animal corrió al galope. Don Pedro, que recién se había levantado, corrió detrás de su hijo, tratando de persuadirlo para que no cruzara el río.

—¡Hijo, espere, el río está muy crecido; no debe cruzarlo!

Pero Gustavo ya había decidido ir en busca de Alicia, porque necesitaba verla, abrazarla y proponerle matrimonio. Azuzó al noble corcel y éste se lanzó al río, nadando con fuerza y tratando de salir a la otra orilla. Pero la fuerte correntada lo arrastró con su jinete, río abajo. Don Pedro corrió angustiado por la orilla, llamando a su hijo, y vio cómo las turbulentas y sucias aguas lo lanzaban contra los palos y piedras que arrastraba con furia. Lo perdió de vista entre los oscuros remolinos que engullían todo a su paso. Don Pedro se puso ambas manos en la cara, llorando angustiado.

—Muchacho testarudo, ¿por qué no me obedeció?

Se dejó caer de rodillas sobre la yerba; sus ojos estaban empapados de lágrimas. Un dolor inmenso atravesó su corazón; había perdido a su hijo amado. Se puso de pie y caminó por la orilla, buscándolo, pero el río no devolvió el cuerpo. Regresó al rancho cabizbajo y triste.

Al día siguiente, el sol salió radiante y el melodioso canto del yigüirro se escuchaba en el bosque. El caudal del río había bajado y sólo se oía el leve chasquido de las olas que acariciaban suavemente la orilla. Don Pedro buscaba el cuerpo de su hijo, pero no lograba hallarlo. Después de mediodía, lo vio tumbado sobre una montaña de escombros; palos, ramas, arbustos y piedras que formaban una presa.

El cuerpo de Gustavo estaba desnudo, con la cara hacia el cielo. Don Pedro nadó y lo tomó por los hombros. Lo llevó a la orilla y lo estrechó en su pecho. Vio hacia cielo y lanzó un fuerte y triste alarido que estremeció el bosque y, aferrado al cuerpo inerte de su hijo, lloró a lágrima viva. Levantó el cadáver y lo cargó en su espalda. Lo llevó al rancho y lo dejó caer suavemente sobre la cama. Luego lo envolvió en una cobija.

La tarde moría, una bandada de pericos surcó el cielo y un arcoíris decoró el horizonte de relucientes colores. Don Pedro cavó una fosa profunda al lado de la tumba de su esposa.

Autor costarricense

La fatalidad

Amarró el cuerpo de su hijo con un mecate y lo deslizó lentamente hacia el fondo. Después, lo cubrió de tierra y, sobre el montículo, colocó una cruz de palo. La noche cubrió de sombras cada rincón del lugar y las aves nocturnas graznaban sin cesar. Don Pedro caminó cabizbajo hacia el rancho. En corto tiempo había perdido a sus seres amados y la soledad sería su compañera inseparable. Entró al rancho y de repente comenzó a hablar solo:

—Yo no estoy solo; tengo el bosque, el río, los árboles, las flores, los animales y los yigüirros, que me alegran cada atardecer con su dulce canto. Amo este lugar; es mi tesoro y voy a cuidarlo. Aquí permaneceré hasta el fin de mi vida.

EL PLEITO

Gonzalo vivió en Junquillo Arriba en los años cincuenta. Era un cuarentón alto y robusto, de piel morena y pelo negro. En el pueblo lo apodaron Cholo y fue el mejor peleador que existió. En ese tiempo, su fama se extendió de pueblo en pueblo y, adonde iba, siempre encontraba un contrincante.

—Idiay, Ricardo, ¿pa' dónde va? No le di permiso de salir.
—Ma, me voy, aunque no me dé permiso.
—Juepucha, ¿qué es esa falta de respeto?
—Ma, es que tengo prisa.
—Idiay, ¿por qué tiene prisa?
—Hay un pleito cerca del aserradero y no quiero perdérmelo.
—Ah, caray, ¿quiénes pelean?
—El mejor peleador de Desamparaditos, contra el de Junquillo Arriba.

Ricardo era un muchacho bajo y delgado de dieciséis. Su madre, doña Ofelia, era una cincuentona bajita y regordeta que había quedado viuda cuando Ricardo cumplió nueve. Vivían en el barrio Canta Ranas, en una vieja casita de piso de tierra.

Un domingo al atardecer, dos valientes se citaron para pelear con los puños; ellos querían saber cuál de los dos era el mejor peleador. Cholo nunca había perdido una pelea y ninguno de sus contrincantes había logrado derribarlo. El retador era el mejor peleador de Desamparaditos; un hombre en sus treintas alto, robusto, pecoso y pelirrojo. Se llamaba Terencio y en su pueblo nunca había perdido una pelea. Los dos peleadores se encontraron en el centro. Terencio se acercó a Cholo, lo miró a los ojos por un instante e hizo un gesto de desprecio.

Autor costarricense

El pleito

—Idiay, la gente dice que usté es muy valiente y yo quiero retarlo.

—Idiay, ¿dónde lo espero? —respondió Cholo, observando detenidamente a Terencio.

—Nos vemos el domingo a las dos de la tarde en la plazoleta que está al costado sur del aserradero.

—Bueno. Allí lo espero.

La noticia de que había una pelea se extendió por el pueblo y mucha gente llegó ese domingo a Barrio San Isidro porque querían ver la pelea. Allí se encontraba Ricardo y, cuando faltaban quince minutos para las dos de la tarde, Cholo se hizo presente y esperó a su contrincante en una plazoleta ubicada en la finca de don Salvador Jiménez. Cholo tenía espalda ancha, manos grandotas como zarpas de tigre y largos brazos musculosos.

Terencio llegó puntual y decidido a derrotar a su contrincante. Se quitó el sombrero de ala ancha de gamuza café, estiró sus robustos brazos velludos, alzó los puños y arremetió contra Cholo lanzando varios puñetazos. Cholo, tranquilo y relajado, esquivó los puñetazos y le lanzó un fuerte derechazo al rostro. Terencio se tambaleó y la sangre comenzó a manar en abundancia de uno de sus pómulos. Al ver la sangre, enfureció y arremetió contra Cholo, dándole varios golpes en la cara con toda su fuerza, pero no logró derribarlo. Cholo lo esquivaba y le pegaba fuertes puñetazos directamente al rostro. Así transcurrió la pelea durante media hora.

Las tupidas cejas de Terencio se hincharon y de su nariz manaba sangre a borbotones, pero se mantenía de pie porque era un hombre valiente. Estaba agotado, movía los brazos con lentitud y sus piernas desfallecían. Era corpulento y fornido, pero no logró derribar a Cholo, que estaba relajado. Terencio recibió un fuerte puñetazo en la frente y se fue de bruces, cayendo pesadamente sobre el zacate.

Haciendo un gran esfuerzo, se levantó, azurumbado. Un hilillo de sangre comenzó a salirle de los ojos. Entonces, sacudió la cabeza. Con lentitud, alzó los brazos y balbuceó:

—Basta, basta. Usté es el mejor peleador de todo Puriscal.

Terencio le tendió la mano y el Cholo se la estrechó. Después, caminó lentamente hacia Junquillo Arriba. Los espectadores lo observaron hasta que desapareció por la angosta calle. Ese hombre fue el mejor peleador de los años cincuenta y, como persona, tenía grandes cualidades, porque fue un hombre honesto, humilde y trabajador.

—¡Ma, Ma! —gritó Ricardo.

Doña Ofelia salió de la casa limpiándose las manos en el delantal.

—Idiay, muchacho, ¿qué sucede? Un día de estos me va a dar un patatús. Pensé que le había pasado algo.

—Ahí viene Terencio, Ma.

—Idiay, ¿cuál Terencio?

—El mejor peleador de Desamparaditos.

Doña Ofelia vio a Terencio y se quedó pasmada.

—¡Juepucha! Qué pecadito, parece un Cristo Crucificado.

—Ma, Cholo le dio una paliza a Terencio.

—Pobre hombre; está muy golpeado y ensangrentado.

—Ma, yo quiero ser como Cholo, valiente y peleador.

—Ay, hijito, no diga babosadas. Hombres como el Cholo ya no habrá más en este pueblo. A usté lo voy a poner a estudiar para que deje de pensar en esas cosas.

Antaño había hombres honestos que aceptaban con humildad cuando uno era mejor que el otro, en cualquier aspecto; así eran nuestros abuelos. A su debido tiempo, Ricardo llegó a ser un buen comerciante y formó parte de una nueva generación de hombres valientes.

Autor costarricense

El pleito

La Tulevieja

Antaño, el pueblito de San Antonio era hermosísimo; estaba bordeado de espesos bosques, donde sobresalían hermosos ríos de aguas cristalinas, en cuyas orillas había gigantescos árboles y espesa vegetación. Los caminos estaban rodeados de flores silvestres que crecían libres, sin temor a que la mano del hombre las destruyera. Era un pueblito con pocos habitantes y estaba ubicado antes de llegar a Puriscal.

Don Ernesto era un hombre moreno de casi sesenta, alto y regordete. Poseía una pequeña finca con un amplio rancho. Frente a éste había un frondoso árbol, cargado de naranjas, y un hermoso jardín con rosas de diferentes colores. La esposa de don Ernesto –alta, delgada y en sus cuarenta– se llamaba Manuela. Jacinto, el hijo de ambos, era un veinteañero delgado de mediana estatura. Una mañana, le dijo a su madre:

—Ma, quiero comprarme un caballo para salir los domingos a pasear y participar en carreras de cintas, pero no tengo plata. He estado pensando en talar la socola que está después de la quebrada para sembrar maíz y, con la venta de la cosecha, me compro el caballo. ¿Qué me aconseja?

—Hijo, en ese terreno no debe sembrar. Le aconsejo que hable con su padre para que le dé permiso.

Don Ernesto –hombre afable y religioso– estaba sentado bajo un naranjo, desgranando maíz. Jacinto se le acercó.

—Pa, tengo que hablarle.
—Idiay, hijo, ¿qué quiere decirme?
—Pa, ¿me da permiso de sembrar maíz y frijoles en la socola, al otro lado de la quebrada?
—Hijo, ¿pa' qué quiere sembrar allí?
—Pa' comprarme un caballo con la venta de la cosecha.

Autor costarricense

—Bueno. Vaya prepare el terreno. Apúrese, porque ya viene el mes de mayo y comienzan las lluvias.

Después de hablar con su padre, Jacinto caminó apresurado a donde estaba el molejón. Afiló el machete y se acostó al anochecer para madrugar el día siguiente.

La socola era una faja de terreno con espesa vegetación que estaba ubicada después de una hermosa quebrada de aguas cristalinas. En sus alrededores abundaban plantas con hermosas flores de colores resplandecientes y en los árboles vivían muchos animalitos, aves y pajarillos que trinaban alegres mientras hacían sus nidos. A las cinco de la mañana del día siguiente, Jacinto cruzó la quebrada y comenzó a trabajar. Cortó los árboles y plantas de la socola y, dos días después, les prendió fuego. El terreno quedó preparado para iniciar la siembra.

En el mes de mayo arreciaron las lluvias. Una madrugada, con el canto del gallo, Jacinto se levantó y fue a una pequeña troja donde almacenaban los granos. Echó en un canasto pequeño un cuartillo de maíz, se fue para la socola y comenzó a sembrar. Estaba entretenido en su quehacer, cuando escuchó murmullos de voces que repetían algo que no entendía. Alzó la vista y vio una silueta negruzca que se movía y escarbaba la tierra. Pensó que era un animal, por lo que fue a ahuyentarlo.

Vio, asombrado, a una viejita de cuerpo pequeño, arrugadísima cara alargada y larga nariz picuda. Llevaba un sombrero de paja ennegrecido y sus ojillos verdes brillaban como dos candelillas. Su cuerpo estaba cubierto de hojas secas y, cuando vio al joven, corrió hacia él. Jacinto dejó botado el canasto con el maíz y corrió, espantado. Cuando cruzó la quebrada, se detuvo. Volteó la cara y vio que la viejita no lo perseguía. En eso, escuchó una vocecilla que repetía:

—Tulevieja, Tulevieja.

Jacinto sintió un escalofrío en todo el cuerpo. Entonces, corrió hacia el rancho. Cuando su madre, que estaba atizando el fogón, vio el rostro de su hijo pálido y desencajado, fue a su encuentro.

—Idiay, hijo, ¿qué le pasó?

—Ma, me asustaron. Vi a una viejita muy fea que estaba acuclillada, escarbando la tierra. Cuando me le acerqué, se levantó y me persiguió. Viera qué susto. Corrí, crucé la quebrada y, cuando volví a ver, había desaparecido. De repente, oí unas palabras extrañas que provenían del bosque.

—¡Avemaría Purísima! —exclamó doña Manuela, persignándose.— Es la Tulevieja. Ese espanto se esconde en los breñales, ronda por los ríos y sus quejidos son lastimeros.

—Ma, ¿qué es la Tulevieja?

—Hijo, es un espanto. Venga, siéntese en este taburete. Voy a darle un jarro de café y una tortilla con natilla. Mientras se toma el cafecito, le cuento la historia.

»Cuenta la leyenda que, hace muchísimos años, vivió en Puriscal una mujer solterona, tacaña y amargada. Era pequeña, delgada y morena. Siempre andaba en los cafetales, recogiendo ramas secas para cocinar. Los niños la perseguían, gritándole: «Tulevieja, Tulevieja».

»Le decían así porque usaba un viejo sombrero de paja. Ella se enojaba y perseguía a los niños con un palo, correteándolos hasta sus casas. En una ocasión, recogía ramas secas en la ladera de un río, cuando resbaló, cayó en las turbulentas aguas y desapareció. Desde entonces, su alma en pena deambula a la orilla de los ríos y, de madrugada, se acerca a las casas, se esconde entre los matorrales y repite: «Tulevieja, Tulevieja».

Jacinto tomaba café y escuchaba a su madre con mucha atención.

—Ah, caray, ese espanto no va a impedir que yo siembre en la socola y me compre un buen caballo.

Autor costarricense

La Tulevieja

A las cinco de la madrugada del día siguiente, Jacinto se encomendó a Tatica Dios y se dirigió a la socola. Antes de cruzar la quebrada, vio a la viejita, escarbando la tierra. Entonces, regresó al rancho, apresurado, y se dirigió a la cocina donde sus padres estaban desayunando.

—Idiay, hijo, ¿por qué se devolvió?
—Ma, vi a la viejita en la socola.
—¡Tatica Dios nos ampare! —exclamó doña Manuela.
—Mujer, ¿qué pasa? —preguntó don Ernesto.
—Nuestro hijo vio ayer a la Tulevieja y hace un rato la vio de nuevo.
—Hijo, los espantos asustan en la noche.
—Pa, le juro que vi una viejita.
—Vamos, enséñemela.

Don Ernesto y su hijo se dirigieron a la socola y cruzaron la quebrada sin novedad.

—Idiay, hijo, aquí no hay nadie.
—Pa, mire el suelo; está cubierto de hormigas negras.
—Ah, caray, aquí pasa algo raro. Hijo, mejor no siembre en la socola.

De repente, escucharon unos gemidos lastimeros provenientes del bosque y vieron que la viejita cruzaba la quebrada y se dirigía hacia ellos. Don Ernesto corrió espantado mientras gritaba:

—¡Hijo, vámonos de aquí!

Y cruzó la quebrada, saltando entre las piedras. Jacinto lo siguió y, cuando llegaron al rancho, doña Manuela les preguntó:

—Idiay, ¿por qué están tan asustados?
—La Tulevieja salió del bosque y nos persiguió —contestó don Ernesto.

Doña Manuela, con voz fuerte y autoritaria reprendió a Jacinto.

—Hijo, ese terreno pertenece a la quebrada y la Tulevieja lo está cuidando. No siembre en la socola, obedézcame. Tenga paciencia. En cuanto nosotros podamos, le compramos el caballo que necesita.

—Ma, yo no voy a dejar que un espanto me impida realizar mi sueño. He tenido que trabajar muy duro para preparar ese terreno; no quiero dejar la siembra abandonada.

Don Ernesto puso sus manotas sobre los hombros de su hijo y agregó:

—Jacinto, obedezca a su madre. No siembre en la socola.

—Pa, yo quiero tener un caballo pronto y lo voy a lograr.

Jacinto estaba empecinado en realizar su sueño. Quería ir al centro, montado en un hermoso corcel, impresionar a las muchachas y participar en las carreras de cintas. Entonces, desobedeció y, el día siguiente a la cinco de la madrugada, estaba en la socola sembrando maíz.

De pronto, escuchó unos gemidos espeluznantes y vio a la viejita que cruzaba la quebrada, dirigiéndose hacia él, extendiendo sus huesudas manos. Sus dedos eran larguísimos, esqueléticos, con las uñas largas y ennegrecidas. Jacinto, petrificado de horror, intentó correr, pero sintió sus piernas acalambradas y no pudo dar paso. El espanto se le abalanzó y Jacinto emitió un fuerte grito terrorífico. Doña Manuela, que estaba chorreando café, escuchó el grito y fue a llamar a su esposo.

—Ernesto, algo le pasó a Jacinto.

—¡Muchacho desobediente! —exclamó don Ernesto.

Él corrió hacia la socola. Doña Manuela estaba asustadísima y siguió a su esposo. Cuando cruzaron la quebrada, vieron a su hijo tendido boca abajo, con el cuerpo cubierto de grandes hormigas negras.

Autor costarricense

Doña Manuela, al ver que su hijo estaba siendo devorado por las hormigas, gritó horrorizada. Don Ernesto volteó el cuerpo y vio el rostro de su hijo lleno de profundos arañazos. Sus ojos estaban cubiertos de sangre, desorbitados, y de su boca muy abierta salían cantidad de hormigas negras.

Jacinto quería comprar un caballo y, para lograr su sueño, devastó un hermoso bosquecillo. Pero su sueño quedó truncado al desobedecer a sus padres. ¿Acaso el espanto que protegía la quebrada y la socola era la Tulevieja, o era un demonio que habitaba en la quebrada y no permitió que las manos del hombre mancillasen aquel hermoso lugar?

LUCIÉRNAGAS

En Junquillo Abajo, frente a la finca de don Juan Quirós, había un angosto caminito que se apartaba de la carretera principal hacia el suroeste, con una pendiente que terminaba en una explanada donde había una casa grande de piso de tierra, rodeada de árboles de naranjo; ése era mi hogar. Allí crecí, libre como el viento, correteando por los potreros, subiéndome a los árboles para alcanzar frutas y bañándome en una poza de aguas trasparentes, en el río que había detrás de la casa. Recuerdo que me gustaba adentrarme en el bosque para observar las plantas, las flores, los gigantescos árboles, los animalitos, los pajarillos y, conforme crecía, sentía un profundo amor por la madre naturaleza.

La gente decía que, en la entrada del angosto caminito —tapizado de zacate y marcado por las ruedas de las carretas—, después del anochecer salía un horrible espanto y nadie pasaba por allí. Yo les tenía mucho miedo a los espantos y procuraba no salir de noche. Una tarde, estaba jugando frente a mi casa y escuché que mi madre me llamaba.

—Luis, hágame un favor; vaya a dejarle una canasta con huevos a su tía y me trae una bolsa de pan casero que ella me tiene guardada. Regrese rápido.

—Ma, son las cuatro, es muy tarde.

—Ah, caray, hágame caso o llamo a su papá.

Cuando nombró a mi padre, obedecí enseguida. Mi madrecita —valiente y trabajadora— era alta, esbelta, de piel rosada, largo cabello rubio, carita ovalada, ojos azules y nariz respingada. Agarré la canasta y me fui a hacer el mandado.

—Hijo, no espere la noche. Véngase rápido.

—Sí, señora.

Autor costarricense **169**

Estaba preocupado porque tenía que pasar por el caminito donde asustaban. Entonces, salí apresurado de casa. Al poco rato, me encontraba en barrio San Isidro, en casa de mi tía. Le entregué la canasta con huevos y ella me dio una bolsa con pan. Me disponía a volver a casa cuando llegó mi primo Carlos y me tomó de un brazo.

—Luis, jale a mejenguear al aserradero; allí hicimos una plaza.

A mí me gustaba mucho el fútbol. Entonces, acompañé a mi primo al aserradero y vi que, donde botaban el aserrín, había un grupo de ocho niños que habían improvisado una amplia cancha. Entonces, jugamos una mejenga. Al poco rato, sentí escozor en los ojos; tenía el pelo lleno de aserrín. Mi cara, nariz y cuerpo estaban cubiertos de pequeñas partículas de madera amarga. Sentía mucha picazón, pero seguía jugando. En eso, vi que oscurecía. Entonces, corrí apresurado. Llegué a casa de mi tía, agarré la bolsa con el pan y corrí hacia mi casa.

La noche ya había cubierto de sombras la calle y, conforme caminaba, mi mente me atormentaba al pensar que, para llegar a casa, debía desviarme por el caminito donde asustaban. Vi el espanto de lejos; era alto, negruzco, tenía los ojos rojos y su enorme silueta resaltaba en la oscura noche. Me encomendé a Tatica Dios, cerré los ojos y emprendí una carrera desenfrenada. Pasé frente al espanto, resbalé, caí, me levanté y seguí corriendo hasta llegar a casa. Al verme, mi madre exclamó:

—Idiay, hijo, ¿qué le pasó?
—Ma, me asustaron.
—Ah, caray, usté se quedó donde su tía y esperó a que llegara la noche.
—Tiene razón, Ma. Me fui a mejenguear con Carlos.
—¿Y por qué está tan asustado?
—Ma, en la cerca de la finca del vecino hay un espanto; es alto, negruzco y lanza chispas por todo lado.

Mi padre se llamaba Ramón y me estaba escuchando.

—Muchacho pendejo, los espantos no existen.
—Yo lo vi, Pa.
—Idiay, ¿dónde lo vio?
—En la cerca del vecino.
—Venga conmigo y me enseña dónde está.

Mi Pa agarró el machete, salió de casa y yo lo seguí. En ese entonces, tenía cuarenta y yo lo veía altísimo. Caminamos y vimos en la cerca de la finca de nuestro vecino la negruzca y enorme silueta lanzando chispas a diestra y siniestra. Mi Pa se abalanzó sobre el espanto y le dio de machetazos. Yo vi mil chispas y luces relucientes que lanzaba el espanto y sobresalían en la oscuridad. Mi Pa regresó donde yo estaba, me dio la mano y nos fuimos a casa. Yo estaba asustadísimo. Apenas podía creerlo, mi Pa se enfrentó a un espanto y lo venció. Era un boyero rudo y, con su yunta de bueyes, llevaba carretadas de leña de un lugar a otro. Sacaba piedra de los ríos, madera de los bosques, cargaba la carreta con sacos de maíz y frijoles y se iba al centro a venderlos.

Amaba mucho a mi Pa porque era un campesino valiente, obstinado y emprendedor. Cuando se proponía algo, lo lograba. No lo detenían las lluvias, los barriales o los caminos empinados. Mi Pa, con la carreta y sus hermosos bueyes negros, lograba lo que se proponía. Esa noche no pude dormir, pensando en la valentía de mi Pa y, cuando estaba quedándome dormido, escuché que alguien lo llamaba. Me levanté, soñoliento, y abrí la puerta; era nuestro vecino, don Orlando.

—¿Está su papá? —me preguntó.
—Sí, señor.

En ese momento, Pa salió de la casa.

—Idiay, vecino, ¿cómo amaneció?
—Pues bien, ¿y usté?

Autor costarricense

—Bien, gracias. Dígame, ¿qué se le ofrece?

—Ramón, usté anoche me destruyó un árbol viejo que servía de cerca; era un nido de luciérnagas, carbuncos y comején, pero estaba en pie. Ahora hay un hueco en la cerca y se me puede salir el ganado; espero que vaya a arreglarlo.

—Juepucha, qué tirada, voy a tener que reparar esa cerca. Hijo, venga para que me ayude.

Después de lo sucedido, me di cuenta de que lo que asustaba a la gente era un grueso árbol podrido, habitado por cantidad de insectos, que en las noches oscuras parecía un horrible espanto, porque tenía dos gruesas ramas secas que semejaban brazos y estaba lleno de luciérnagas y carbuncos que revoloteaban como chispas de fuego.

A menudo recuerdo la humilde casa donde crecí y fui muy feliz. Evoco el angosto caminito bordeado de flores, a mi madre, a mi padre y al viejo árbol que en la noche confundí con un espanto.

GLOSARIO

- Ah, caray: sorpresa, admiración, enfado.
- Achantado: perezoso.
- Acharita: qué lástima.
- Achicopalarse: acobardarse.
- Acuantá: hace un rato.
- Adobe: material que se usa para hacer casas.
- Alambique: aparato para destilar alcohol.
- Alitranco: cierre que asegura portones.
- Altillo: loma que sobresale sobre el terreno plano.
- Atarantado: inquieto, bullicioso.
- Babosada: cuestión sin importancia.
- Caites: zapatos.
- Candelilla: insecto coleóptero.
- Canillas: piernas.
- Caray: caramba.
- Carbunco: insecto con puntos luminosos.
- Catrineado: bien vestido.
- Cazadora: bus de antaño.
- Chirrite: licor de contrabando.
- Chonete: sombrero.
- Chorpa: cárcel.
- Chuchinga: hombre que le gusta pelear con mujeres.
- Chuzo: herramienta que usa el boyero para arriar los bueyes.
- Cuilmas: que ni tiene caso.
- Cuyeo: ave nocturna.
- Empunchado: buen trabajador.
- Escampar: protegerse de la lluvia.
- Estera: tejido grueso que sirve de cama.
- Estiró la pata: murió.

Glosario

- Glorieta: cenador, espacio.
- Idiay: palabra interrogante.
- Jale: vamos.
- Juepucha: exclamación.
- Majada: golpiza.
- Melindres: persona muy delicada.
- Mesmo: mismo.
- Mostacho: bigote.
- Pacaca: nombre antiguo de Villa Colón.
- Pa'l tigre: desanimado.
- Patatús: desmayo.
- Pelillo de gato: lluvia ligera.
- Pisuicas: diablo.
- Poyo: banca de cemento.
- Purisco: la flor del frijol.
- Qué tirada: qué lástima.
- Rejego: terco, rebelde.
- Socola: terreno cerca de un río.
- Testarudo: persona que no cambia de opinión.
- Trillo: camino angosto.
- Usté: usted.
- Vestir santos: persona que se queda soltera.
- Zapatón: pueblito.
- Zompopa: hormiga cortadora de hojas.

Acerca del Autor

José Luis López nació en Santiago de Puriscal en 1946. Es escritor y cantautor y ha publicado seis libros que exploran diferentes géneros literarios, como son: cuentos infantiles, leyendas costarricenses, relatos de fantasmas y una saga detectivesca que actualmente consta de cuatro libros.

Autor costarricense

Made in the USA
Columbia, SC
03 October 2024